「이젠 두 번 다시 나한테서 떨어지지 마.
너랑 함께라면 난 어디든 갈 거야.」
린스터 공작가 장녀
리디야
『검희』. 왕립 학교에 입학한 이래로
앨런과는 끊으려야 끊을 수 없는 관계.
명석한 두뇌에 단정한 외모,
검과 마법까지 모두 초일류인 아가씨.
앨런을 데리고 후국 연합의 중심 도시,
물의 도시까지 도망쳤다.
공녀전하의
Tutor of the His Imperial Highness princess
가정교사
10

후국 연합의 중심 도시인 물의 도시는
역사가 오래되었다.
천 년 이상 가는 과거, 이 불모지에
사람들이 모여들어 무역 도시를
형성하였다.
전승에 의하면 수인족이 도시의 기반을
다졌다고 한다.
이후로 여러 종족의 사람들이 힘을 모아
온 대륙에서 칭송받는 대운하를 정비했다.
물의 도시란 이름 없는 자들이 세상에
증명해 낸── 보물과도 같은, 인류의
가장 오래된 도읍인 것이다.

「경치 좋은걸.」

「펠리시아, 무리하면
앨런 님께 혼난다?」
앨런의 의붓여동생
카렌
「그나저나, 어떻게 해야
가슴이 그렇게……」
하워드 공작가 장녀
스텔라

「맛있는 걸 먹고 푹 자고 운동했더니 이렇게 됐답니다~.」
「으으…… 스텔라는 심술쟁이야.」
앨런 상회 직원 대표
펠리시아
멋쟁이 메이드 아가씨
릴리

「그래서……
난 사람이길 포기한 거야.」
『초승달』
앨리시아 콜필드
대영웅 『유성』의 부관.
죽은 줄 알았으나…….

공녀 전하의 가정교사
앨런
「레티시아 님이 이 자리에 있었다면
온 힘을 다해 당신을 말리셨겠죠.」

CONTENTS

Tutor of the His Imperial Highness princess

공녀 전하의 가정교사 10

천년 도읍

Tutor of the His Imperial Highness princess

The millennial capital

CHARACTER
등장인물 소개

「공녀 전하의 가정교사」
「검희의 두뇌」

앨런

티나와 다른 소녀들의 박학다식한 가정교사. 조금씩 국내외로 명성이 퍼지고 있다.

「앨런의 의붓여동생」
「왕립 학교 부학생회장」

카렌

착실하지만 오빠 앞에선 어리광쟁이인 늑대족 소녀. 스텔라, 펠리시아와는 친한 친구 사이.

「뇌호」

아틀라

여덟 대정령 중 한 축. 사영해 유적에서 앨런과 만났다. 평소엔 어린 소녀 또는 어린 여우 모습.

「용사」

앨리스 앨번

절대적인 힘으로 세계를 수호하는 다정한 소녀.

「앨런 상회 직원 대표」

펠리시아 포스

낯을 가리고 병약하지만, 누구보다 강한 마음을 지닌 재능 있는 소녀.
남도의 병참을 담당하고 있다.

「왕국에서 최고로 흉악하며 사악한 마법사」

교수

앨런, 리디야, 테토의 은사. 자유분방한 태도로 주변을 휘두른다. 사역마는 검은 고양이 모습의 앙꼬 씨.

「앨런의 애제자」

테토 티헤리나

교수의 연구실에 소속 중인 대학생. 앨런을 경애하며 따른다. 왕국 서방 변경 출신.

【쌍천】

리나리아 에텔하트

약 500년 전, 큰 전란이 벌어졌던 시절을 살았던 대영웅이자 마녀의 후예. 앨런에게 아틀라를 맡겼다.

CHARACTER

등장인물 소개

왕국 4 대 공작가 (북부) 하워드 가문

「하워드 공작」
「군신」

월터 하워드

지금은 세상을 떠난 아내와 딸들을 진심으로 사랑하는 대장부. 로스트레이에서 제국군을 물리쳤다.

「하워드가 장녀」
「왕립 학교 학생회장」

스텔라 하워드

티나의 언니이자 차기 하워드 공작. 성실하고 노력가지만 앨런 앞에선 어리광쟁이.

「하워드가 차녀」
「작은 얼음 공주」

티나 하워드

『저주받은 아이』라 불리며 마법을 쓰지 못했던 소녀. 앨런의 지도 덕에 왕립 학교 수석 입학을 이룬다.

「티나의 전속 메이드」
「작은 바람 공주」

엘리 워커

하워드 가문을 섬기는 워커 가문의 손녀딸. 자주 티격태격하는 티나와 리네의 중재역.

왕국 4 대 공작가 (남부) 린스터 가문

「린스터 공작 부인」
「피에 젖은 공주」

리사 린스터

리디야, 리네의 어머니. 딸들에게 깊은 애정을 쏟고 있다. 왕국의 최강자 중 하나.

「린스터가 장녀」
「검희」

리디야 린스터

앨런의 파트너. 자유분방한 성격에 검 솜씨, 마법 모두 초일류지만, 앨런이 없으면 마음이 약해지는 일면도 있다.

「린스터가 차녀」
「작은 불꽃 공주」

리네 린스터

리디야의 여동생. 왕립 학교 차석이며 티나와는 라이벌. 동란을 거쳐 더더욱 성장했다.

「린스터 공작가
메이드대 제 3 석」

릴리 린스터

멋쟁이 메이드 아가씨. 린스터 부공작가의 아가씨로 앨런과는 상성이 좋다.

CHARACTER
등장인물 소개

안나 ······ 린스터 공작가 메이드장. 마왕 전쟁에 종군했다.

로미 ······ 린스터 공작가 부메이드장. 남방 도서 제국 출신.

시더 ······ 린스터 공작가 견습 메이드. 월신교 신도.

미나 워커 ······ 하워드 공작가 부메이드장.

샐리 워커 ······ 하워드 공작가 메이드대 제4석. 집사인 롤랑은 오빠.

셰릴 웨인라이트 ······ 왕녀 전하. 앨런, 리디야의 왕립 학교 동기생.

레티시아 루브펠러 ······ 『취풍』이란 별명을 가진 전설급 영웅. 왕국의 최강자 중 하나.

리처드 린스터 ······ 린스터 공작가 장남. 근위 기사단 부장.

길 올그렌 ······ 올그렌 공작가 사남. 앨런, 리디야의 후배.

칼라일 카니엔 ······ 후국 연합 남부의 유력 후작. 왕국과의 강화 협정을 방해하고 있다.

로어 론도이로 ······ 후국 연합 남부의 차기 후작. 칼라일과는 인연이 있다.

성녀? ······ 성령교를 뒤에서 조종하는 존재. 그 정체는…….

이디스 ······ 성령교의 사도가 된 소녀. 왕국 북방 로스트레이에서 스텔라, 앨리스와 교전을 벌였다.

로자 하워드 ······ 스텔라, 티나의 어머니. 현재는 고인. 옛 성은 『에텔하트』.

프롤로그

"그럼…… 앨런 님이 리디아 씨, 아틀라와 함께 왕도에서 탈출하신 건 틀림없는 거죠?"

차가운 동도산 홍차를 따른 유리잔을 건네자, 눈앞 의자에 앉은 붉은 머리의 남성—— 왕국 남방을 다스리는 린스터 공작가 장자이자 근위 기사단 부장이란 중직에 계신 리처드 님이 장난기가 다분한 윙크를 내게 보여주셨다.

오늘은 부하들이 억지로 휴가를 보냈다는 모양인지, 시원해 보이는 *사무에 차림이시다.

"그래. 가드너 후작 저택을 불태우고 남쪽으로 떠났다고 하더군—— 고마워. 스텔라 하워드 공녀 전하께서 홍차를 따라주시다니, 모두에게 자랑할 수 있겠는걸."

이곳은 왕국 동도, 수인족 구시가지.

나와 여동생인 티나, 소꿉친구인 엘리 워커, 리처드 님의 여동생인 리네 린스터 씨의 가정교사인 앨런 님의 본가 안뜰.

머리 위로 쳐 놓은 흰 천이 햇빛을 막아주기도 하여 시원한 바

*사무에(作務衣): 일본의 승려들의 승복 및 작업복. 도공, 서예가 등의 예술가가 작업복으로 입기도 한다.

람이 솔솔 불어 지나간다.

친한 친구인 카렌에게 빌린 연보라색 유카타도 편안하다.

집 안에서는 즐거운 듯한 웃음소리가 들려온다.

릴리 씨와 린스터가 메이드분들이 거목으로 나간 티나네를 위해 과자를 만들고 있다. 나는 내 잔에도 홍차를 천천히 따르며 온화하게 대답했다.

"며칠 사이, 엘린 님과 린스터가 메이드분들께 배웠거든요."

"왕도에서 소란을 벌인, 구식 가치관을 가진 귀족 녀석들이 들으면 졸도하겠는걸. ……우리 사촌누이께선 메이드를 하고 계시니, 이미 늦은 감이 있지만."

엘린 님은 앨런 님의 어머니이시며 온 대륙을 따져봐도 희귀한 늑대족. 아버님이신 나단 님과 함께 앨런 님을 어린 아기일 때 주워 키워주셨다. 두 분 다 지금은 물건을 사러 나가셨다.

리처드 님의 사촌 여동생인 릴리 씨는 린스터 공작가 메이드대 제3석.

그 정체는—— 왕국 남쪽의 구 에트나, 자나 후국을 다스리는 부공작가 장녀다.

명랑한 분이신 데다 앨런 님도 신뢰를 두고 계신다. 아마, 나보다 더…….

"앨런 님과 리디야 씨는 역시 남도로 가셨나요?"

『왕태자 전하께서 소환하셨습니다. 금방 돌아오죠. 각자 과제를 하고 계세요. 추신:스텔라는 몸 상태가 원래대로 돌아오기 전까진 무리하지 말 것!』

우리에게 메모를 남기신 앨런 님이 『검희』 리디야 린스터 공녀와 여덟 대정령 중 한 축 『뇌호(雷狐)』인 어린 소녀, 아틀라와 함께 왕도로 떠나신 지 3일.

당시엔 걱정하지 않았다. 컨디션 불량을 걱정해 주시는 것도 기뻤고…….

하지만…… 왕도에서 날아온 급보는 경악할 내용이었다.

『앨런 님은 왕태자 전하의 요구를 거절하고 왕도를 탈출. 가드너 후작가 저택, 불타오르다.』

발신자는 린스터 공작가 메이드장인 안나 씨와 하워드가 부메이드장인 미나 워커. 오보라곤 생각할 수 없었다.

리처드 님이 잔을 내려놓으셨다.

"지금까지 남도에서 온 연락은 없었어. 저쪽은 여전히 후국연합과 교전 중이지. 자세한 내용은 지금 거목에서 하워드, 루브펠러 양 공작, 어머니와 레티 님, 로드 경에게 왕도의 상황을 보고하는 중인 우리 메이드대 제5석, 켈레니사 케이노스에게서 들어보지 않는 한 뭐라 말할 수 없어."

"그런, 가요……."

나는 앨런 님이 남겨주신 새로운 과제 노트를 손가락으로 훑었다.

——빛 속성 억제 마법식과 그분의 글자. **『스텔라, 좀 쉬세요.』**

마법식은 현재 내 몸에 일어난 마법을 사용하면 빛 속성 마력이 늘어나는 알 수 없는 증상에 대처하기 위한 것이다.

언제 만드신 걸까.

앨런 님은 성령교가 되살린 마수 『침해(針海)』를 퇴치해 동도를 구하신 뒤, 과로로 인해 입원하셨다.

퇴원하신 뒤로는 후배인 길 올그렌 공자를 구하셨으며 『유성』 칭호 수여 자격을 얻기 위해 전설의 용사 『혜성』 레티시아 루브펠러 님과 싸우셨다.

그랬는데 왕도로 가시며 나뿐만 아니라 티나네에게도 과제 노트를 남겨주셨다.

부모님께는 정성껏 편지까지 남기셨다.

빈 시간이 거의 없으셨을 텐데……. 그래도 기쁘다.

글자를 만지기만 해도 가슴이 뛰고 자연스레 미소가 번진다. 나는 단순한 여자다.

"셰릴 님은 알고 계신가요?"

"난 왕태자 전하의 인품을 몰라. 왕녀 전하께선 며칠 내로 동도에 도착하실 것 같으니 얘기를 들어볼 수 있을지도 모르지. 그래도…… 상상은 가."

날카로운 안광. 리처드 님도 차기 린스터 공작이시다.

권세욕을 가진 중앙 귀족이 무슨 생각을 하는지 예상이 가신단 것이겠지. 조용히 대답한다.

"폐하께서 왕도로 귀환하신 뒤, 앨런 님께 훈장을 더 수여하는 걸 경계하고 있군요."

앨런 님은 이번 전쟁에서 세운 공으로 『유성』 칭호를 국왕 폐하께 받았다.

커다란 명예지만…… 작위를 얻은 것은 아니다. 반란에 관여하지 않은 귀족 수구 파벌은 실력주의가 강행될 미래를 두려워해 성급하게 굴었던 것이겠지.

리처드 님께서 긍정하시곤 전황을 알려주셨다.

“성령 기사단과 접해있는 동쪽 국경은 북방의 두 후작이 눈을 부라리고 있고, 서방의 졸른호펜 변경백과 동방 가문들의 부대들도 파견될 거야. 동쪽 부대들을 이끄는 건…… 길 올그렌이지.”

“! 용케, 아버지와 루브펠러 공작이 허가를 내리셨군요.”

기드 올그렌 노공에게 반란의 뜻은 없었으며, 주모자는 글랜트, 그렉, 행방불명 상태인 그레고리 세 공자였다지만…… 각지에서 격렬한 전투도 벌어졌으며 사망자도 나왔다.

부대 재편 얘기는 들었지만, 길 씨를 지휘관으로 삼다니.

……설마.

붉은 머리 근위 기사단 부장께선 아주 살짝 두 손을 들어 올리셨다.

“앨런 생각이야. 그의 오명을 씻고 대학교 졸업 이후론 ‘근위 기사단으로’ 집어넣도록 내밀히 타진도 받았어. 명령을 받고…… 그는 엉엉 울더군. 곧바로 ‘이, 이건, 연구실 녀석들이 동도에 도착하기 전에 도망칠 수 있어서 기뻐서 그런 거라고요!’ 라고 변명을 하긴 했지만 말야.”

나는 품에서 보물인 제이드 그리폰의 깃털을 꺼내 가슴에 꼬옥 품었다.

앨런 님, 그 다정함을 조금 더…… 조금만 더 자신에게도 향해 주세요.

릴리 씨와 메이드분들의 환성. 과자가 다 구워진 모양이다.

리처드 님이 의자 등받이에 몸을 기댔다.

“이번에 앨런과 함께 싸우고 통감했어. 귀찮기 짝이 없는 상황 분석보다도 나는 부하들과 검을 휘두르는 게 더 성격에 맞아. ……차기 공작으로선 실격이려나?”

“마음은 이해해요.”

나의 재능은 리디야 씨와 여동생 티나, 친한 친구인 카렌에게 전혀 미치지 못한다.

앨런 님을 지킬 수 있게 되자고 결심은 했지만…… 리처드 님이 손을 내저으셨다.

“스텔라 양은 괜찮아. 새로운 『유성』님이 붙어 계시니까. 리네는 그를 따르고 있고 리디야는 저 모양이지. 그래도…… 하워드 공녀 전하의 연애를 방해할 정도로 나는 꽉 막히지 않았어.”

“~~~읏.”

여, 연애…… 볼에 손을 얹자 무척 뜨겁다. 옆에선 그렇게 보이는 걸까?

“……고맙, 습니다.”

“어머니와 안나에겐 비밀로 부탁해. ──『유성 여단』 분들은 앨런과의 ‘서약’ 에 푹 빠졌나 보더군. 당장 서쪽으로 돌아가고 싶다고 하고 있어. 왕도 소란에는 혐오감을 드러내시겠지.”

200년 전 마왕 전쟁에서 용맹함으로 대륙 전토에 명성을 떨친

『유성 여단』.

그곳에 소속된 네 명의 전 분대장── 드워프, 거인, 용인, 반요정족 족장들에게 앨런 님은 '부탁'을 하셨다.

카렌의 단검을 벼려줄 것. 리네 씨의 새로운 마검. 엘리에게 식물 마법을 전수해 줄 것.

그리고── 내 컨디션 불량의 원인 규명.

모두 자신에 관한 것이 아니었다. 리처드 님께서 불쾌하다는 듯이 다리를 꼬셨다.

"앨런에게 수여된 장려금 얘기는 들었나?"

"모두 리처드 님과 수인족 총대역인 오우기 님에게 넘어갈 거라고…… 리사 님께."

"근위 기사단 명의로 유족에게 줄 보상금에 보태란 말을 들었지. 수인족 분들에겐 말 못 해."

"! ……난처한 분이세요."

나의 마법사님은 우선순위를 절대 틀리지 않는다. 리처드 님이 찬탄하셨다.

"상대의 심리적 부담을 낮춰 요구를 받게 하지. 대신 자신이 손해보는 건 상관하지 않고 장본인들에겐 비밀로…… 스텔라 양, 다음에 카렌 양과 함께 설교해 줘."

"저, 저기 그건……."

앨런 님이 하신 행동은 사람으로선 올바르다.

탓하고 싶어지는 것은 내가 그분을, 사, 사모하고 있기 때문에…….

"네에~♪ 그럼 제가 설교할게요~☆"

돌아보자, 그곳에는 길고 아름다운 붉은 머리를 검은색 리본으로 묶고 꽃 모양 머리핀을 단 미소녀가 있었다. 화살 문양이 겹친 옷에 긴 치마와 가죽 부츠가 잘 어울린다.

손에 든 쟁반 위에는 구움 과자가 담긴 그릇. 왼쪽 손목에는 아름다운 은팔찌.

앨런 님과 나란히 차셨다고 들었다. 명확한 질투심이 가슴속에 휘몰아친다.

이 사람의 이름은 릴리 린스터.

지난 결투 때, 앨런 님이 위기에 빠지자, 리디야 씨와 함께 망설임 없이 뛰어든 메이드 아가씨.

가까이 오더니 릴리 씨가 쟁반을 테이블 위에 올렸다.

"우후후~♪ 전 누나라서요~. 연하인 남자애한테 설교하는 것도 중요한 일이거든요오~. 쿠키, 갓 구운 거예요~☆"

"잘 먹겠습니다."

누가 들어도 알 정도로 낮은 목소리가 나와 버렸다.

——안 돼, 스텔라.

아무리 나란히 같은 팔찌를 찬 게 부러워 죽겠다지만, 나보다 과자도 잘 만들고 지난 결투 때 앨런 님에게 신뢰받고 있단 걸 보란 듯이 보여줬다지만…… 냉정하게 있어야지.

분할 정도로 맛있는 과자를 묵묵히 먹고 있자, 리처드 님이 하늘을 올려다보셨다.

"릴리, 얘기를 복잡하게 만들지 마. 숙부님이 한탄하시겠어.

메이드 일도 그만두게 하고 싶어 하시고 사위를 맞고 싶어 하신다고도 들었는데?"

연상의 메이드 아가씨는 내 왼쪽 자리에 앉더니 두 손을 모으곤 대답했다.

"걱정할 필요 없어요~. 저한텐 마법의 말이 있어서어☆"

"듣고 싶진 않은데 일단 들어나 볼까."

"『저랑 결혼하고 싶다면 앨런 님을 꺾어 주세요!』랍니다~♪"

"……." "하아……."

내 마음속에는 맹렬한 눈보라가 휘몰아쳤고 리처드 님은 손으로 이마를 짚으셨다.

억누르고 있던 마력이 그만 새어 나와, 온 안뜰에 수많은 빛의 꽃이 반짝였다.

——릴리 씨가 살포시 두 손을 감싸 쥔다.

"스텔라 아가씨, 마력이 새어 나오고 있어요—— 진정하시고, 제어를."

"아…… 죄, 죄송해요……."

집중하며 앨런 님이 남겨주신 마법식으로 제어해 보려 했다. ……잘 안된다.

그러자 릴리 씨가 내 마법식에 개입했다.

조금씩, 조금씩 빛의 꽃이 잦아들어 간다. 앨런 님과 똑같아?

연상의 메이드 아가씨가 빙그레 웃었다.

"괜찮아요. 앨런 씨와 아틀라가 없는 동안은 제가 있으니까~☆"

"릴리 씨. 당신은 어떻게 앨런 님과 같은 마법식을, 윽!"

질문을 마치기 전에 돌풍에 천막이 흔들리며 머리 위에서 목소리가 내려왔다.

"언니~!"

"티, 티나 아가씨, 위, 위험해요오." "하아…… 하여간 수석님은."

우리는 얼굴을 마주 보고 천막 밖으로 나갔다.

그러자 군용 그리폰 몇 마리가 연이어 착륙했다.

등에 탄 것은――.

"티나, 엘리! 리네 씨! 카렌!"

아침부터 분대장님들에게 불려 갔던 여동생들이었다.

블론드색 머리카락에 메이드 복을 입은 소녀―― 내게 있어선 또 다른 여동생이나 마찬가지이자, 티나의 전속 메이드이기도 한 엘리 워커가 부유 마법을 발동. 모두가 그리폰의 등에서 안뜰로 내려섰다.

나와 똑 닮은 연푸른 백금색 머리카락을 한 여동생이 순백색 리본을 나부끼며 곁으로 달려왔다.

앞머리에는 내가 부적 대신 맡고 있던 머리 장식을 달았고 하얀색 군복을 입었다.

눈앞에서 티나가 몇 번이고 폴짝 뛰었다.

"이동용 그리폰을 조달해 왔어요! 언니, 가요!"

"가자니……."

"――남도로 갈 거야."

“카렌?”

은회색 머리카락에 동물 귀와 꼬리를 가진 늑대족 소녀―― 내 친한 친구이자 앨런 님의 여동생이 이야기에 끼어들었다. 왕립 학교 교복을 입고 반요정족 분께 받은 꽃 달린 군모를 쓰고 있다.

“동도에 있어봤자 정보는 단편적이야. 학교장님께도 확인해 봤는데 왕립 학교 재개는 미정이래. 지금이라면 오빠네를 쫓아갈 수 있어. 망명은 안 하겠지만…… 혹시 모르니까.”

“‘망명할 거라면 물의 도시나 라라노어지’. 언니는 자주 그렇게 말씀하셨어요.”

“리네 씨…….”

붉은 머리카락에 군모를 쓰고 군복을 입은 소녀―― 리네 린스터 씨가 말을 받았다.

“평소 언니라면 농담이겠죠. 하지만 지금은…….”

“발작이 시작됐을 것 같네요오~. ‘앨런 씨 독점하고 싶어 병’ 말예요~.”

릴리 씨가 리네 씨의 우려를 긍정했다.

어, 어쩌지…… 너무 그럴 것 같아. 티나가 상황을 알려주었다.

“선생님이 치세 님과 다른 분들께 의뢰하셨던 것도 서방에 귀환하지 않으면 못 하신다나 봐요!”

치세 글렌비시 님―― 『화현(花賢)』이란 별명을 가진, 마왕 전쟁 당시 대영웅 『유성』을 옆에서 도운 전설적인 반요정족의 대마법사님이시다.

“유스틴 제국과의 강화 협정도 성립됐다고 켈레니사 씨가 알려줬어요!”

평소엔 신중한 엘리까지 다른 정보를 늘어놓으며 원호한다.

북쪽과 동쪽의 소란이 잦아들고 왕도가 혼란 아래 놓인 지금, 남도 쪽이 정보를 얻기 쉬운 것은 사실이다.

“하, 하지만…… 아버지분들의 허가를 못 얻으면…….”

여동생이 간발의 차도 두지 않고 반론했다.

“아버지는 ‘스텔라 판단에 맡긴다. 오늘 밤까진 결론을 내도록’ 이라고 하셨어요! 다만——.”

“너희끼리만 가는 건 안 돼.” “맞다.”

『!』 “리사 님, 레티 님…….”

툇마루에서 우리에게 말을 걸어오신 것은 인간족, 엘프족 미녀였다.

리사 린스터 공작부인.

레티시아 루브펠러 전전대 공작.

온 대륙에 무예로 이름을 떨친 살아있는 전설이다.

“어머나~ 켈레니사 씨, 어서 와요~.” “! 제, 제 이름을, 기억하고 계셨나요……?”

집 안에선 엘린 님의 목소리도 들린다. 돌아오신 것이리라.

티나와 엘리가 내 양쪽 소매를 잡아당겼고 리네 씨와 카렌도 내게 결단을 촉구했다.

“언니!” “스, 스텔라 아가씨!” “스텔라 씨.” “스텔라.”

상식적으로 생각해 봤을 때, 왕도 정세가 진정될 때까지 동도에서 기다려야 한다.

내 컨디션 불량에 대한 문제도 있다. 제대로 마법을 쓸 수 없는데 뒤를 쫓은들…… 하지만.

——스텔라. 넌 리디야 씨만 앨런 님과 같이 있어도 되겠어?

"……안 돼."

나는 리사 님, 레티 님과 시선을 맞췄다.

"다 함께 남도로 가겠습니다. 허락…… 해주시겠어요?"

"호위 없인 안 돼." "거기 그 소녀를 설득하거라."

두 분은 릴리 씨에게 시선을 향하셨다.

연상의 메이드 아가씨가 호들갑스럽게 포즈를 취했다. 왼팔의 팔찌가 반짝이며 빛난다.

"흐으읍~! 질 줄 알고요오~. 아가씨들을 남도로 모시고 가면 제가 앨런 씨한테 혼난다구요오~!"

예상했던 반응. ……살짝 심술궂은 마음이 샘솟았다.

나는 미소 지으며 결정적 조건을 제시했다.

"릴리 씨—— 메이드 복, 가지고 싶지 않으세요?"

"헉?!!!!"

릴리 씨의 붉은 앞머리가 쫑긋 서더니 크게 흔들렸다. 격렬한 동요—— 기회다.

나는 카렌에게 눈짓을 보냈다. 밀어붙여!

곧장 절친이 추격에 나선다.

"남도엔 지금 펠리시아가 있어요. 그 애, 재봉을 엄청 잘해서 —— 부탁하면 메이드복 한두 벌 정돈 당장에라도."

"——린스터 공작가 메이드대 제3석 릴리! 메이드복을 위해서라면 아가씨들과 함께 세상 끝까지라도 가겠습니다아아아~♪ 와아, 너무 신나요오오오~!!!"

"꺅! 자, 잠깐, 릴리?!"

릴리 씨가 리네 씨의 두 손을 잡고 그 자리에서 빙글빙글 돌기 시작했다.

붉은 머리 근위 기사단 부장님은 고개를 갸웃거리셨다.

"메이드복 지급은 안나와 부메이드장인 로미의 허가가 필요했던 것 같은데?"

"——리처드 님."

"! 으, 응. 내가 무슨 소릴 했다고, 스텔라 양. 앨런에게 잘 전해줘."

리처드 님을 슬쩍 보자 얼굴을 경직시키면서도 납득해 주셨다.

나는 카렌, 티나, 엘리, 풀려난 리네 씨와 시선을 나누고 함께 고개를 끄덕였다.

바로 내일 아침 출발해 남도로 갈 준비를——.

"어머나~. 다들 즐거워 보이네♪" "카렌, 이리 오렴."

"""어머님!""" "에, 엘린 님, 나단 님……." "아버지?"

기모노와 사무에가 잘 어울리는, 은회색 머리카락의 늑대족 부부—— 앨런 님과 카렌의 부모님인 엘린 님과 나단 님이 안뜰로 나오셨다.

티나네가 엘린 님의 품으로 뛰어든다.

"""꼬옥~♪""" "어머나~."

엘린 님의 시선은 햇볕처럼 따뜻하다.

그 사이 카렌은 나단 님께 작은 천 주머니 여러 개를 건네받고 있었다. 부적?

"앨런을 쫓아갈 거라면 들고 가거라. 부디 조심하고, 알았지?"

"! 이건, 마의 수호 부적—— 아버지, 고마워요……."

혼자 늦은 나도 리처드 님과 릴리 씨가 시선으로 재촉해 엘린 님 곁으로 향했다.

다정하게 이름을 불러주신다.

"스텔라."

"엘린—— 어, 어머님, 아으……."

처음으로 '어머님' 이라 불렀지만, 한심하게도 목소리가 뒤집혔다.

——손을 꼭 잡아 주신다.

앨런 님과 똑 닮은 온화한 미소.

"또 놀러 와줬으면 좋겠구나~. 다음엔 유카타도 만들어 놓을게~."

"네, 네! 네!! 꼭 올게요!! ……감사합니다."

"우후후~♪ 꼬옥~."

엘린 님 품에 꼭 안기며 나는 속으로 불렀다.

앨런 님! 우린 당신을 쫓겠어요. 설교는 따라잡은 다음에라도.

그러니, 제멋대로 굴어도 용서해 주셔야 해요?

목적지는 남도── 린스터 공작가의 중추!

*

"카렌, 엘리, 짐은 적게 싸. 왕도는 경유하지 말고 최단 거리로 남도에 가자."

"그래." "네, 네엣!"

"티나 아가씨, 리네 아가씨, 자, 제비를 뽑아 주세요~. 그리폰 수는 정해져 있으니, 누구 한 분은 저와 같이 타야 하거든요오~★"

""큭!""

"오늘 밤은 진수성찬을 먹어야겠네♪ 리사 씨, 모두들, 도와주시겠어요~?"

"맡겨만 줘. 리처드, 레티 상대를 부탁해." 『네, 엘린 님!』

남도행을 정한 스텔라 양 일행은 곧바로 여행 준비를 시작했고 엘린 공은 저녁 식사 준비를 지휘하고 있다. 우리 메이드들은 둘째치고…… 어머니까지라. 손으로 대답을 해둔다.

……앨런은 정말 죄가 많군. 나도 약혼자인 사샤에게 편지를 써야겠는걸.

복도의 나단 공과 시선이 맞아 묵례했다. 한 손으로 잔 형태를 만드시더니 공방으로 돌아가신다.

동도에 있는 동안 전 수달족 부족장인 더그 씨도 불러 한잔해야겠군.

홍차를 비우고—— 테이블 위에 지도를 펼친 레티 님을 다시 돌아보았다.

아름다운 녹색 머리카락의 미녀가 엘린 공을 바라보며 중얼거린다.

"참으로 신기한 늑대야. 녀석이 쓰는 증폭 마법, 수십 년 전, 반요정족 마을을 뛰쳐나간 뒤로 행방을 알 수 없는 치세의 여동생에게 배웠다고 하더구나. 큭큭…… 치세가 울고 있었다."

"기이한 인연이라고 해야겠군요……. 레티 님, 하나 여쭤도 되겠습니까?"

"음? 그래."

"그럼 짧게…… 왕도에서 지금까지 지휘를 맡고 있는 건 누구죠?"

——시작부터 기묘한 이야기였다.

용맹하기로 이름난 폐하께서 서도에 머무르시고 심약한 존 왕태자가 앨런을 소환했다.

그러는 한편 수여된 『유성』 칭호. 또 다른 한편으론 앨런이 받아들일 리 없는 요구까지.

우리 메이드대 석차 보유자는 대부분이 왕도로 모였으며 동도에 남은 건 릴리뿐.

스텔라 양, 티나 양, 엘리 양이 동도에 있음에도 불구하고 가공할 미나 워커가 이끄는 하워드 공작가 메이드대 실전 팀도 마찬가지.

그리고―― 릴리의 남도행을 미리 내다본 것처럼 켈레니사가 돌아왔다.

서도에 있는 근위 기사단 단장, 오웬과 참모인 리나운 보르에게서 도착한 문서에는 '당분간 우리 차례는 없다.', '쉬고 계십시오. 아니―― 쉬도록.' 이라고 적혀 있었다.

왕도에서 대규모 군사 행동은 확인되지 않았으며 보급선도 살아있고 보고가 들어온 것은 '앨런이 왕태자 전하의 손을 뿌리쳤다' 는 사실뿐.

무엇보다…… 진심으로 앨런을 사랑하고 계신 나단 공과 엘린 공의 침착한 모습. 이상하다.

레티 님이 우아한 동작으로 홍차를 드셨다. 눈동자는 전장에 있을 때처럼 차갑다.

" '그림' 을 그린 것은 교수. 그리고―― 왕궁 마법사 필두 게르하르트 가드너. 조금 전 로드도 왕도로 떠났다. 하워드, 루브펠러가 움직이는 건 조금 더 뒤가 되겠지."

"윽?!"

교수와 가드너라고?! 상정 가능한 최고로 흉악하며 최악의 조합이 아닌가!

레티 님이 바람 마법으로 작은 메모를 미끄러뜨려 건넸다.

"치세가 카렌네를 평가했다. 도중이긴 하나, 이걸 읽으면 돌머리 부족 장로 녀석들도 생각을 고칠지 모르지. …… 마법의 쇠퇴를 멈출 계기가 될 게야."

슬쩍 눈으로 훑는다. ……진짜로?

그 애들에게 재능이 흘러넘친다 한들, 설마 이 정도까지일 줄이야…….

『카렌 : 비할 데 없는 『격세 유전』. 단장의 단검과 수련을 거치면 진정한 번개 늑대가 되리라.』

『스텔라 : 『마력 각성』의 조짐, 가능성 큼. 그렇게 되면—— 약 100년 만에 나타난 자격 있는 자.』

『엘리 : 『식물 마법』 적성 극히 높음. 워커이자 워커가 아닌 자.』

의미를 알 수 없는 단어도 섞여 있지만…… 심상치 않다. 너무나도 심상치 않다.

레티 님이 노래하듯이 말을 이으셨다.

"'범상치 않은 재능이 범상치 않은 재능을 부르고 크디큰 소용돌이를 그리며 이 세상마저 바꿔나간다'. 그렇게 전장에서 노래하던 건 지금은 세상에 없는 나의 벗, 『초승달』—— 앨리시아였던가……. 폐하는 기드의 진심에 답하셨다. 중앙 귀족들의 몰락은 피할 수 없겠지. 성령 기사단에 대한 경계도 소홀히 할 수 없고 왕도로 이송된 제럴드, 폭포로 떨어진 올그렌의 셋째, 수인족 배신자 놈들은 행방불명이야. 라라노어 공화국을 추궁할 필요도 있다. 하지만, 그래도 우선."

유쾌한 듯이 미녀가 가느다란 손가락이 움직이더니 남도를 넘어 두드렸다.

——후국 연합의 중심 도시 『물의 도시』.

"남쪽부터다. 새로운 시대의 『유성』의 실력, 어디 한 번 찬찬히 구경해보자꾸나."

제1장

"네, 오랫동안 수고하셨습니다! 발밑이 흔들리니 조심해 주세요~?"

훌륭한 조각이 새겨져 있고 붉은 융단이 깔린 오래된 곤돌라가 조용히 목적지 앞에 멈춰 섰다.

수달족 곤돌라꾼 소녀—— 스즈 씨가 돌아보더니 반갑게 보고해 주었다.

흑갈색 머리카락을 세 갈래로 땋았고 몸집은 자그맣다. 하얀색을 기조로 한 모자와 옷에는 거목과 수많은 꽃이 그려져 있다.

이 도시의 곤돌라꾼들은 스스로 옷의 문양을 정하고 즐긴다는 모양이다.

"굉장한 기술이네요. 이렇게 좁은 수로에서 딱 멈춰 서다니."

유명한 대운하라면 또 몰라도, 이곳은 고급 호텔이 늘어선 안쪽 길의 좁고 좁은 수로다.

손을 뻗으면 양옆 건물벽에 닿을 것 같다. 신기에 가깝다.

"에헤헤…… 감사합니다, 앨런 씨♪"

열다섯 살 소녀가 수줍어하며 쑥스러워한다. 나도 이끌려 저도 모르게 흐뭇한 마음이 든다.

동도로부터 머나먼 땅에서 수달족 소녀와 알게 될 줄은 몰랐다.

"——어흠."

들으란 듯이 붉은 단발머리 아가씨의 헛기침 소리가 뒤에서 들려왔다.

그 속뜻은 '내 앞에서 뭐 하는 거야?'. 무서워라.

나는 가죽제 여행 가방을 손에 들고 상륙했다.

대운하 입구의 노른자 땅. 눈앞에 솟은 호텔은 주황색 벽돌로 지어놓았다.

중후한 목제 문이 그 오랜 역사를 말하고 있었다.

곤돌라 배꼬리에서 수면을 즐겁게 바라보며 꼬리를 살랑거리던 어린 소녀를 불렀다. 하얀 천 모자와 원피스가 사랑스럽다.

저녁의 부드러운 바닷바람이 지나가며 보라색 리본과 하얗고 긴 머리카락이 나부꼈다.

"아틀라, 내리자~. 리디야."

"——그래."

양산을 쓰고 쿠션에 앉은, 아틀라와 같은 차림의 붉은 단발머리 미소녀—— 왕립 학교 입학 이래로 내 파트너인 리디야 린스터가 조용히 일어섰다.

그야말로 '공녀 전하' 그 자체다. 왕국에서도 손꼽히는 아가씨처럼 보인다.

평소에도 이 정도로 조신했으면…… 다가오길래 오른손을 뻗었다.

"응."

리디야는 짧게 대답하고 내 손을 굳게 움켜쥐었다.

상륙해 접은 양산을 건네오며 귓가에 속삭인다.

"——조신한 아가씨는 재미없잖아?"

"표, 표정으로 읽지 마!"

"네가 생각하는 거야 뻔하지."

"끄윽……."

그런 우리를 본 스즈 씨가 눈동자를 빛냈다.

"두 분은 진짜 잉꼬부부시네요! 부러워요."

"! 아, 아니." "——나름 그렇지. 아틀라. 이리 오렴."

오해를 풀려는 내 말은 리디야가 왼팔에 팔짱을 끼어 가로막혔다.

어린 소녀가 뒤돌아 우릴 바라보곤 아장아장 곤돌라 안을 걸어왔다.

부유 마법을 조용히 발동시켜 보조한다.

"자아, 아틀라는 혼자 뛸 수 있을까?"

"뛸래~♪"

우릴 향해 어린 소녀가 폴짝 뛰었고 나와 리디야가 손을 잡아주었다.

"착해라." "착한걸."

"♪"

아틀라가 몸과 꼬리를 크게 떨며 기뻐했다. 귀엽다.

나는 어린 소녀를 리디야에게 맡기고 스즈 씨를 다시 돌아보았다.

삯이 든 작은 천 주머니를 건네고 감사 인사를 읊었다.

"건너편까지 태워주셔서 살았어요. 감사합니다."

수달족 소녀는 크게 손을 저으며 황송해했다. 돈을 확인하려 들지도 않는다.

"아뇨 아뇨! 요즘은 북쪽에서 소란이 일어나는 바람에 외국 손님이 줄었거든요…… 오랜만에 곤돌라를 몰 수 있어서 좋았어요! 관광하실 때는 꼭 한 번 고려해 주세요♪ 그리고 저희 할아버지가 물의 도시 동쪽 외곽에 있는 『고양이 오솔길』이란, 섬 전체가 시장인 곳에서 골동품 가게를 하고 계시거든요. 관심 있으면 꼭 들러주세요!"

착한 애네…… 리디야를 본다.

금세 '부탁해도 돼' 라고 눈으로 대답한다. 이럴 때 우리 사이에 다툼은 일어나지 않는다.

"재밌을 것 같군요. 기회가 되면 가보겠습니다."

"잘 부탁드려요. 그리고."

곤돌라 뱃머리 근처에서 수달족 소녀가 한 손에 노를 쥐며 우아하게 인사했다.

"어서 오세요, 물의 도시——『천년 도읍』에. 여러분께 꽃과 수룡의 가호가 함께 하기를."

*

“우와아아아…….”

물의 도시에서 손꼽히는 초고급 호텔 『수룡의 관』 안에 들어간 나는 저도 모르게 감탄을 흘렸다.

시원하게 4층까지 뻥 뚫린 *아트리움 로비. 중앙에는 호화스러운 계단.

천장의 불투명 유리를 통해 들어오는 저녁 햇살이 역사가 느껴지는 돌기둥과 타일 바닥을 물들였다.

대운하 쪽을 향해 마련된 카페에선 숙박객이리라, 두 젊은 여성이 경치를 즐기고 있었다. 한 사람은 동도에서도 보기 드문 새족인 모양이다.

수인도 묵을 수 있다 이건가.

놓여 있는 장식품도 오래된 목제 물건이 많아 아늑하다.

리디야 왈, 과거에 물의 도시 통령의 저택이었던 것을 약 2백하고도 수십 년 전에 개조.

이후로 물의 도시에서도 손꼽히는 호텔 중 하나로 해외에서도 유명해졌다고 한다.

일반인인 나는 이런 곳에 묵어본 경험이 없다.

뭐, 린스터와 하워드 공작가 저택엔 묵어봤지만—— 내 왼팔을 구속 중이던 리디야가 팔꿈치로 찔렀다.

“멍때리지 말고 프런트로 가자.”

---

*아트리움: 건물 내부에 있는 천장까지 개방된 공간.

"응." "♪"

리디야와 손을 잡고 있는 아틀라는 기분이 좋아 보인다.

도중, 카페 안에서 여성들의 대화가 들려왔다. "에이~ 이쪽이 낫지 않아?" "──." "음~…… 그래도 여긴 빼기 좀 그렇잖아?" "──.". 귀가 가려질 정도로 길고 검은 머리의 새족 여성은 무뚝뚝했으며 어깨까지 내려오는 유백색 머리카락의 인간족 여성만 말하고 있다.

후국 연합에서 동쪽에 있는 자유도시 국가들, 아니면 연방 쪽 관광객……인가?

전쟁 중이니 스즈 씨도 손님이 무척 줄었다고 했지── 다시, 리디야가 팔꿈치로 찌른다.

어느새 프런트에 도착해 있었다.

안쪽에서 차분해 보이는 초로의 신사가 말을 걸어온다.

"어서 오십시오. 본 호텔에 잘 오셨습니다. 예약하셨을까요?"

젊은 우리에게도 예의 바른 말투. 그렇군…… 초일류일 만하다.

감탄하고 있자 리디야가 대답했다.

"예약은 안 했어."

우리는 왕도에서 탈출한 뒤 그대로 물의 도시로 찾아왔다.

어떻게 하려고 그래?

시선으로 물었으나 리디야는 태연했다. 반면 노신사는 난처한 표정을 지었다.

"그러셨군요. 죄송합니다. 오늘은 아쉽게도 만실이라."

"자, 이거."

말을 가로질러 리디야가 프런트 데스크에 무언가를 내려놓았다.

——반으로 갈라진 오래된 금화.

노신사의 표정이 일변했다.

"! 이건…… 실례했습니다. 바로 방을 준비해 드리도록 하지요. 이름은 이쪽에 부탁드려도 될까요? 소개가 늦었습니다. 저는 본 호텔의 지배인을 맡은 파올로라고 합니다. 잘 부탁드리겠습니다."

대응이 바뀌어 어안이 벙벙하면서도 내민 고급 종이를 눈으로 훑었다.

——고아이며 늑대족 양자인 내게 성씨는 없다.

하지만 『성씨 없는 자』는 숙박을 거절할지도 모르니…… 더구나 이곳은 안 그래도 교전국의 중심 도시다.

'린스터' 라곤 적을 수 없다.

고민하던 중—— 뇌리에 한 소녀의 모습이 떠올랐다.

만년필을 들고 사인한다.

『앨런 앨번』

『용사』님의 성씨를 빌리는 건 불경한 짓일지 모르나, 앨리스라면 허락해 줄 것이다.

리디야는 왼쪽에서 내가 쓴 이름을 보고는 "흐음." 하고 살짝 마음에 안 든다는 듯이 중얼거리곤 물 흐르듯 재빨리 사인했다.

『리디야 앨번』

내 왼팔을 풀어주고 리디야가 등을 돌렸다. 양 귀가 어렴풋이 발갛게 물들었다.

나도 의식하고 만다.

"!"

아틀라가 내 정면으로 돌아들어 와 폴짝 뛰었다. 노트를 보고 싶은 모양이다.

"아아, 미안해 미안해."

어린 소녀를 왼팔에 안고 들어 올려 보여주자 사인을 보곤 꼬리를 파닥거렸다.

글자 쓰는 법은 아직 가르쳐주지 않았기에 내가 대신 사인했다.

『아틀라 앨범』

어린 소녀가 날 올려다보았다.

"아틀라?"

"응, 맞아."

"♪"

몸을 다시 되돌리더니 기분 좋게 노래하기 시작했다.

파올로 씨는 그런 우리를 온화한 표정으로 바라보며 입을 열었다.

"감사합니다. 그럼 안내해 드리죠. 짐은."

"아아, 괜찮습니다."

내가 오른손 검지를 움직여 마법을 발동, 여행 가방을 띄우자 노신사가 놀랐다.

"이건 또 참……."

"그렇게 어려운 마법은 아닌데요?"

부유 마법은 편리하지만 사용자는 적다. 내 주변에서도 습관적으로 사용하는 건 후배인 테토 티헤리나 정도밖에 없을지 모른다. 지금쯤 동도에 도착했을까.

리디야가 어이없다는 듯이 흘겨보았다.

"평소부터 쓰고 있는 너랑 테토가 이상한 거야. 아틀라, 슬슬 내려오렴."

"?!"

"뭐?! '앨런이 안아주는 거 너무 좋아♪' 라고?!"

소녀와 어린 소녀가 사이좋게 티격태격하기 시작했다. 하여간, 애들은.

카페로 시선을 향하자 조금 전까지 있던 두 여성은 사라졌다.

나는 기다려주던 파올로 씨에게 부탁했다.

"방으로 갈까요? 가면서 이 호텔 얘기를 듣고 싶네요."

*

"하아…… 굉장한걸……."

최상층 방으로 안내받은 나는 다시 찬탄을 흘렸다.

호화로우면서도 고급스럽고 커다란 침대와 소파.

명백하게 초 고급품인 목제 테이블과 의자에, 아직은 귀중한 전화.

눈앞 창문에선 저녁놀에 물든 대운하와 물의 도시의 섬들이 보인다. 발코니도 마련되어 있다.

말이 사라진 날 보고 파올로 씨가 만족스러워하며 설명해 주었다.

“욕실과 부엌, 왕국제 빙냉고도 있답니다. 세탁물은 비치된 바구니에 부탁드리겠습니다. 저녁 식사는 방으로 내어드릴 수도 있지만, 꼭 한 번쯤은 본 호텔 옥상 테라스를 이용해 보시기 바랍니다. 이쪽이 열쇠입니다.”

“감사합니다.”

꽃과 수룡 장식의 열쇠를 받아 들자, 파올로 씨가 깊숙이 고개를 숙였다.

“무슨 일이 있으면 사양하지 마시고 연락 주십시오. 그러면 실례하겠습니다.”

문이 닫힌 직후── 좀이 쑤시던 아틀라가 발코니를 향해 달려갔다.

“♪” “어이쿠.”

바람 마법으로 천 모자를 잡고는 떨어지지 않도록 보이지 않는 실로도 묶어놓는다.

“아틀라. 몸 내밀면 안 된다?”

동물 귀와 꼬리를 움직이며 어린 소녀가 밖으로 향했다. 기운이 넘치는걸.

마법을 풀어 여행 가방을 내려놓자 리디야가 달라붙었다.

"응."

"그래 그래."

나는 붉은 머리 소녀의 천 모자를 벗겨 아틀라 것과 함께 모자걸이에 걸었다.

그러자 리디야도 자연스러운 동작으로 내 뒤로 돌더니 "대답은 한 번만!" 하고 말하며 웃옷을 벗겨주었다. 말리면 불쾌해하기에 하는 대로 내버려둔다.

리디야는 웃옷 주머니에서 내 회중시계를 꺼내더니 테이블 위에 놓았다.

자신의 회중시계도 사슬이 겹치도록 살포시 내려놓는다.

웃옷을 코트 걸이에 다 걸자,

"——에헷."

"아, 쟤가."

여행 와서 신이 난 어린아이처럼 침대로 뛰어들어 다리를 파닥거렸다.

"후후후~♪"

"옷 구겨진다~?"

파트너의 행동에 어이없어하며 나는 양산을 세워두고 창밖을 바라보았다.

밤이 다가오며 조금씩 불이 켜지는 물의 도시의 건물들.

높이는 일정하지만 모양과 색이 각각 달라 보고 있어도 질리지 않는다.

아래로 보이는 대운하에는 배와 곤돌라가 해수면을 미끄러지

듯 운행했으며 다리 위에선 주민들이 대화에 빠져 있었다. 그 위를 수많은 바닷새가 이리저리 날아다니는 모습이 한 폭의 그림 같다.

아틀라도 발코니에 마련된 의자 위에 서서 즐겁게 바라보고 있다.

——밤에는 밖에서 와인을 마실까?

가방을 열어 짐 정리를 시작하며 드러누운 붉은 머리 아가씨에게 물었다.

"리디야."

"응~?"

"슬슬 이것저것 듣고 싶은데……?"

파닥거리던 다리가 멎는다.

날 바라보고 리디야가 침대를 두드렸다.

"응."

"으음…… 그건 뭘 요구하는 거야?"

"응!"

더욱 세게 때리기 시작한다.

여기서 지면 안 된다. 얼버무리고 말 것이다.

"자, 아틀라도 같이 경치 구경할까~."

"으응!!"

손뿐만 아니라 몸 전체를 써서 강하게 주장한다. 무슨 어린애야?!

경험을 통해 이해할 수 있었다. 요구를 받아들이지 않으면 계속 저대로겠지.

"……하아."

나는 이마를 손으로 짚었다. 결국 이 아가씨를 이긴 적은 한 번도 없다.

여행 가방을 닫고 침대로 다가가 앉았다.

"대체 왜── 우와!"

갑자기 손을 잡아끌어 침대에 쓰러졌다.

──누구보다도 정갈한 이목구비지만 볼을 부루퉁 부풀린 미소녀의 얼굴.

두 주먹으로 내 가슴을 살짝 두드린다.

"……왜, '앨번' 인데에에에. 이럴 땐 '린스터' 라고 써야 하는 거 아니냐고오오오. 주인님보다 꼬맹이 용사가 먼저란 거야……?"

"아~…… 일단, 여긴 교전국 중추거든?"

현재 우리의 고국인 웨인라이트 왕국은 후국 연합과 전쟁 중이다.

그 정면에 선 것이 리디야의 친가인 린스터 공작가와 남방 가문들이다.

"으으."

하지만 머리론 이해했을 게 분명한 떼쟁이 아가씨는 납득하지 못했다.

내 왼손을 멋대로 움직여 자기 머리 위에 얹는다. 이어서 오른손도 만지작거리기 시작했다.

약지에는 사영해 유적에서 만나 아틀라를 내게 맡긴 【쌍천(雙天)】 리나리아 에텔하트의 반지. 붉은 보석이 빛나고 있다.

……역량을 웃돌지 못하면 벗기지 못한단 모양이다.

손목에는 동도를 떠나며 릴리 씨가 건넨 은팔찌.

이쪽은 벗으면 혼날 것 같다. 아버지가 모처럼 만들어준 물건인 모양이고.

리디야가 나와의 거리를 좁히며 눈을 흘겨 떴다. 질투의 업화가 어른거린다.

"반지 다음은 팔찌. ……있잖아." "베도 안 되고 불태워도 안 되거든요."

먼저 못을 박아둔다. 이 아이라면 저지를지 모른다.

내 오른팔을 움직여 자기 머리를 껴안도록 하면서 불평, 불만을 늘어놓는다.

"이 바람둥이야. 바보. 다른 거로 안 갚아주면 화낼 거야……."

"아~…… 구체적으론 어쩌게?"

붉은 머리를 다정히 쓰다듬으며 물었다. 상한 머릿결도 돌아오고 있는 모양이다.

볼을 붉힌 리디야가 고개를 들더니 부끄러운 듯이 외쳤다.

"가, 같이, 목욕 안 해줄 거야!"

"처음부터 들어갈 생각도 없었거든요."

"읏?!!!"

거절하자 소녀는 '믿을 수 없다' 는 표정을 지었다.

볼을 긁적이며 타이른 뒤 물었다.

"네 붉은 머리는 눈에 띄니까 아틀라랑 같이 방에 있는 욕실 써. 난 파올로 씨가 알려준 대형 목욕탕에 갔다 올게. 그 전에…… 물어보려던 거 하나만 물어봐도 될까?"

"——좋아."

리디야가 강의하는 교사 같은 말투로 말했다.

"『왜 남도가 아니라 물의 도시까지 왔느냐』지?"

나는 어깨를 으쓱이고 일단 물어보았다.

"정답이야. ……진심으로 망명하려는 건 아니지?"

"하고 싶어? 그러면 그래도 상관없는데?"

"그렇게 자꾸 장난치려고 하지 말고."

"바보라니까."

붉은 머리 공녀 전하는 나와 이마를 맞대고 눈을 감았다.

"——내가 농담하고 있는 것처럼 보여? 『검희의 두뇌』 씨? 너라면 이미 커다란 그림은 보이는 거 아냐?"

테토의 편지에 의하면 셰릴은 철도가 복구되는 대로 동도로 향한다고 했다.

왕도에 집결한 린스터가의 석차 보유 메이드 분들.

월터 하워드 공작 전하께서 '좀 쉬면 어떻겠냐' 고 하시던 말.

그리고—— 힐문을 맡은 존 왕태자 전하의 눈동자에서 보이던 깊은 지성. 그분이 자신들의 요구 내용을—— '아틀라의 인도' 를 내가 응하리라 생각했을 것 같진 않다.

리디아의 귓가에 대답을 늘어놓았다.

"폐하는 왕도의 '청소'를—— 관망파와 라라노어 공화국과 연결된 귀족의 소탕을 생각하고 계신 거지? 동시에 그 광경을 우리에겐 보이고 싶지 않고……."

"맞아. 테토의 편지에도 그렇게 적혀 있었어. 셰릴은 모르거든? 들키면 쓸데없이 고지식한 그 왕녀 전하는 분명 말리려 들 테니까. ……너도 똑같고!"

셰릴 웨인라이트 왕녀 전하는 나와 리디아의 왕립 학교 동기생이다. 정의감이 강하며 무척 깊은 자비심을 갖췄다.

왕국의 미래를 호전시키는 조치인 건 이해하겠으나…… 피가 흐르는 건 원치 않으리라.

나는 리디아의 말에 고개를 떨궜다.

"설마 테토가 나보다 리디아한테 먼저 정보를 전달할 줄이야…… 그래도 잘 모르겠는데. 일부러 물의 도시에 올 필요는 없잖아? 남도라도 괜찮았던 거 아냐?"

추측건대—— 나의 왕도 소환은 '촌극'이다.

노공 기드 올그렌의, 자신의 목숨과 가문마저 건 충성심을 폐하께서 내치시지 않았기에, 이 기회에 국내에 둥지를 틀고 나라를 좀먹는 벌레들의 청소를 단행하겠다고 각오를 굳히신 것이겠지.

그리고 그 절호의 '미끼'가 된 것이 나였다, 이거다.

리디아가 왼쪽 볼을 가느다란 손가락으로 찔렀다.

"남도였으면 넌 분명 할아버지랑 펠리시아를 도울 거 아니냐고~. 거기다…… 전쟁이 끝나고 공적을 다 떠넘기는 식으로!"

"에, 에이, 설마~……."

남도에서 병참을 통괄하는 린 린스터 전 공작 전하의 인자한 얼굴과 그를 돕고 있다는 펠리시아 포스의 의욕에 가득 찬 얼굴이 뇌리에 떠올랐다.

솔직히, 있을 법하다.

붉은 머리 공녀 전하가 내 두 손을 꼭 쥐어오길래, 서로 윗몸을 일으켰다.

"——앨런."

어른스러운 표정에 살짝 긴장했다. 왜냐하면 내 파트너는 굉장한 미소녀이기에.

"이번에 네 공적인 역할을 알려줄게——『물의 도시 주둔 직접 교섭 창구』야."

"! 리디야?!" "조용히 해!"

강한 어조로 제지당했다. 반짝이며 빛나는 눈동자에는 활활 불길이 타오른다.

아, 안 돼! 이, 이건…… 진심이다.

"바보 오빠에 리네, 릴리를 제외한 우리 일족 모두가 승인했어. 하워드, 루브펠러 두 공작에 레티 님—— 서도에 계신 폐하까지. 다 알겠지만 딱히 뭘 할 필요는 없거든? 네가 할 일은."

리디야가 만면의 미소를 짓고 결정적인 말을 선고한다.

“‘물의 도시에 일정 기간 머무르며 후국 내부를 견문. 접촉해 오는 상대의 말을 남도로 전할 것’. 그저 그뿐이야. 나머지는 어른들끼리 대화로 끝나. 혼란스럽긴 하지만 실제로 전황은 우리의 절대적 우세니까. 연합 와해를 막고자 얘기가 통하는 사람이 분명 꺾일 거야. 순조롭게 일을 마치면—— 네 이름은 국내외에 퍼져서 이번에야말로 왕국의 공식 문서에도 실리게 되겠지. ‘남방 전선을 수습한 막대한 공적 있음’이라고. 전시하에서도 적국 중추의 정세를 밝힌 거야. 이건 굉장한 공적 아냐?”

“대, 대체 누가 이런 어처구니없는 인선을 낸 거야?! 리, 리암 님이나, 리, 리사 님이 생각하신 내용이 아니…… 서, 설마!”

나는 한 사실을 깨닫고 입을 떡하니 벌렸다.

왕도에서 탈출하며…… 내가 경애해 마지않는 검은 고양이 모습의 사역마 앙꼬 씨도, 린스터 공작가 메이드장인 안나 씨와 함께 있었다.

리디야가 승리를 확신하는 득의양양한 웃음과 함께 내 가슴에 머리를 들이밀며 작게 중얼거렸다.

“‘리사 씨’라고 해야지. 어머니한테 혼난다? 맞아, 교수님 생각이래. 테토한테 홀랑 속아 넘어갔지? 유스틴 제국과 강화 교섭을 마치고 왕도로 이미 이동했다던데?”

“교, 교수님은 둘째치고, 아, 앙꼬 씨랑 테토가 날?! 그, 그럴 수가…… 그, 그럼 서도에서 폐하와 근위 기사단이 전혀 움직이지 않았던 건, 혈하의 마왕군 대책이 아니라…….”

“그 폐하랑 머릿속에 검만 든 오웬이 얌전히 있는 시점에서 이

상했지. 평소라면 진작에 돌아가서 자기 힘으로 왕도를 뺏었을 걸."

확실히 맞는 말이다.

국왕 폐하는 지금은 그야말로 생각이 깊기로 유명하시지만, 과거에는 왕족임에도 왕국 무투회에서 우승한 적도 있는 용감무쌍한 무인이시다.

근위 기사단 단장 오웬 올브라이트는 검술만 따지면 『검희』와 필적하는 맹자이며 그 휘하에 있는 기사들 또한 역전의 강자들이 모였다. 움직이지 않는 게 이상하다.

나는 한심한 목소리로 소녀에게 애원했다.

"리, 리디야."

"양보 못 해. 절대, 절대 양보 못 해."

가차 없는 거절. 리디야는 내게 강한 의지를 부딪쳤다.

"잘 들어. 넌 위로 올라가야 해! 난 4년이나… 4년이나 기다렸거든? 더는 못 기다려. 기다릴 생각도 없어. 『유성』 칭호를 얻은 건 그 첫걸음이고 진짜로, 진짜로 자랑스러워. 그러니까 이번에는 바깥 무대에서도 내 옆에 당당히 설 수 있게 되란 말야! ……안 그러면 진짜로 망명할 거야!!"

"……하아아."

깊게 한숨을 내쉬었다.

밖에선 아틀라 곁으로 바닷새들이 날아와 수다를 떨고 있다. ……희미하게 이상한 마력도 느껴진다. 흠?

기억해 두며 나는 왼손을 뻗어 리디야의 붉은 머리를 만졌다.

"하여간! 공녀 전하께서도 난처하시다니까……."

"그럼? ……내가 이러면 싫어?"

곧장 공녀 전하는 내 손을 두 손으로 쥐고 자기 볼에 갖다 댔다.

평소의 드센 모습은 사라지고 눈동자는 불안에 젖는다.

눈앞에 있는 것은 『검희』가 아니라── 조금만 있으면 또 한 살, 나보다 나이가 많아지는 여자아이일 뿐이다.

아버지께 배운 말을 떠올렸다. 앨런, 여자애에겐 다정히 대하거라.

동감이에요, 아버지. 그래도 부끄럽긴 하거든요?

내심 쑥스러운 것을 내비치지 않으려 하며 침대에서 내려왔다.

"! 아…… 저, 저기…… 애, 앨런……?"

당혹스러워하는 리디야의 왼손을 쥐고 손등에 입술을 떨궜다.

"~~~~~~윽!!!"

리디야의 볼이 순식간에 붉게 물들고 가슴을 왼손으로 억누르며 딱딱하게 굳는다.

평범한 키스보다 더 부끄러울지도 모르겠는데.

분명 내 볼도 리디야처럼 물들어 있을 것이다.

"거목과 부모님의 이름에 걸고 맹세할게── 리디야. 내가 널 싫어할 일은 없어."

수인족에게 있어서 『거목』의 이름을 꺼내는 서약은 가장 무거운 서약 중 하나다.

그리고 내게 있어선 『부모님』의 이름도 그에 버금간다.

그 사실을, 리디야는 누구보다도 이해하고 있기에――.

"……아으."

볼만이 아니라 목덜미까지 새빨갛게 물들인 공녀 전하가 침대에 털썩 쓰러졌다.

베개로 얼굴을 가리더니.

"으~ 으~ 으~……."

하고 끙끙대며 데굴데굴. 난 부끄러움을 감추고자 놀렸다.

"아니…… 그렇게까지 쑥스러워할 거 없잖――."

있는 힘껏 내 얼굴을 향해 베개를 내동댕이쳤다.

순식간에 거리를 좁혀 와 거친 숨을 내쉬며 가슴을 토닥토닥 때린다.

"아파, 아파, 아프다니까."

"시, 시끄러! 시끄러!! 시끄러어!!! 기, 기습하지 말란 말야! 심장이 못 버티잖아!! 바, 반칙……이라고…… 알았어?"

리디야의 손을 쥐자, 서로의 시선과 시선이 교차한다.

귀여움과 아름다움이 공존할 수도 있구나―― 우리 사이에 아틀라가 끼어들었다.

"! ♪"

즐거웠는지 금색 눈동자를 반짝이고 있다.

나와 리디야는 눈을 깜빡이곤.

""후후.""

함께 웃음을 터트리고 말았다.

말로 하는 건 어렵지만—— 지금 나는 불행하지 않다.

리디야가 내 왼팔을 껴안더니 머리를 어깨에 얹었다.

——마음은 똑같나.

나는 어린 소녀의 동물 귀와 머리카락에 붙은 바닷새의 깃털을 떼어냈다.

"어서 오렴, 아틀라. 즐겁게 무슨 얘기 했는지 들려주겠니?"

*

후국 연합의 중심 도시인 물의 도시는 역사가 오래되었다.

역사서에 의하면 맨 처음 이 땅에는 아무것도 없었다.

아니—— 엄밀히 말하면 수많은 좁고 조그만 섬과 갯벌뿐이었다.

당연히 농작물 생산에 적합한 땅이 아니었으며 사람의 침입을 거부하는 땅이었다고도 할 수 있으리라.

가혹한 자연환경이 물의 도시 사람들에게 교역을 생업으로 삼길 강요했다.

대체 언제부터 이 불모지에 사람들이 모여들어 도시를 형성해 나간 것인가?

학설로 결론이 나진 않았지만…… 천 년 이상 전부터 존재했던 것은 틀림없다.

전승에 의하면 수인족이 가장 오래된 정착민이며 지금의 중앙섬과 담수를 얻을 수 있는 북쪽 섬에 거목 가지를 심어 첫 거주지로 삼았다고 한다.

이후로 사람들은 아득한 시간과 노력을 들여 갯벌에 수많은 나무 말뚝을 박아 기초를 세웠고 석재를 들고 와 토대를 굳혔으며 작은 섬들 사이를 다리로 잇고 수로를 만들어 왕국의 왕궁에 마저 필적하는 의사당을 건설한 데다── 도시를 남북으로 가로지르는 대운하마저 정비했다.

물의 도시란 이름 없는 자들이 세상에 증명해 낸── 보물과도 같은 인류의 가장 오래된 도읍인 것이다.

"뭐야, 앨런. 무슨 생각을 해?"

눈앞에 앉은 리디아가 텅 빈 홍차 잔을 내밀며 새침한 얼굴로 말을 걸어왔다. 흰 천이 깔린 테이블 위에는 이미 요리 그릇이 치워졌고 식후 홍차와 우유로 만든 얼음과자만이 남아 있었다.

마력등이 비추는 『수룡의 관』 옥상 테라스에는 카페에서도 본 두 여성이 있었다.

다른 숙박객은 드문드문해 조금 적적하다. 나는 잔에 홍차를 따르며 대답했다.

"상상 이상으로 야경이 아름답길래…… 전에 읽은 여행기를 떠올리고 있었어."

"……그러세요~."

책망하는 듯이 흘겨본다. 그 뜻은 쉽게 이해할 수 있었다.

『넌 달리 봐야 할 게 있지 않아?』

리디아는 원피스에서 어른스러운 얇은 붉은색 드레스로 갈아입었다.

방에서 잔뜩 칭찬했는데…… 부족했던 모양이다.

"아~…… 네 드레스도 아름다운 것 같은데?"

"왜 의문형이야? 교육해 줘야겠구나? 자, 이럴 때는 어떻게 하더라?"

"어쩔 수가 없어요."

나는 작은 스푼으로 얼음과자를 떠 리디야의 입가에 내밀었다.

붉은 머리 공녀 전하는 "그래야지~." 하고는 만족스럽게 미소 지으며 스푼을 입에 물었다.

리디야의 옆자리에 앉아 얼음과자와 씨름을 벌이던 아틀라가 눈을 껌뻑거리더니,

"! ♪"

날 바라보고 입을 벌렸다.

얼음과자를 떠 어린 소녀에게 먹이며 리디야를 나무랐다.

"이거 봐, 아틀라까지 따라 하잖아. 교육에 안 좋다고."

"——무슨 소리야?"

리디야가 손수건으로 아틀라의 입가를 닦으며 재빨리 반론을 늘어놓는다.

"이건 주인님 겸…… 아, 아내로서 정당한 권리를 행사한 거라구."

말하는 도중 동요가 목소리에 드러난다.

나는 홍차를 한 입 마셨다. 상큼한 향기가 감귤류를 연상시킨다.

기분이 진정되며 냉정하게 지적했다.

"부끄러워할 거면 말 안 하면 되는 거 아냐?"

"시, 시끄러! 사, 사소한 건…… 딱히 사소하지도 않고, 무척, 무척, 무척 중요한 일이지만."

"대체 어느 쪽이야."

리디야는 입술을 비죽이면서도 아틀라가 홍차를 마시는 걸 도왔다.

"뭐야…… 너한텐 안 중요하단 거야?"

"질문에 질문으로 답하는 건 반칙 같은데……."

"대답해."

어른스러운 어조와는 반대로 눈동자는 살짝 불안하게 떨리고 있다.

아직도 마음이 살짝 불안정하구나.

나는 소녀에게 줄 수 있는 최대한의 대답을 들려주었다.

"——지금 난 말야. 앨런 앨번이잖아?"

"응."

"그리고 넌 리디야 앨번이지. ……이게 답이 되지 않을까?"

공녀 전하는 커다란 눈동자를 깜빡이더니 말뜻을 이해했다. 얼굴을 새빨갛게 물들인다.

"——돌려 말하긴. 바보, 바보 바보. 완전 바보야."

"옛날부터 이랬잖아."

쓰게 웃으며 어둠에 녹아든 물의 도시의 야경을 바라본다.

창문에서 새어 나오는 수많은 작은 불빛. 중앙 섬에 어렴풋이 떠오른 커다란 건물은 의사당일까.

유명한 대도서관과 북쪽 섬의 『일곱 용 광장』은 보이지 않는다. 아침에 다시 보자.

머나먼 저편으로는 광선이 몇 개 보인다. 대형 선박의 좌초를 막는, 후국 연합이 자랑하는 대 등대 무리다.

양쪽 볼을 리디야와 아틀라가 손가락으로 찔렀다.

"이거 봐~. 얼굴이 또 이상해졌잖아." "♪"

"어차피 난 그렇게 멋있지도 않거든."

"어머? 어머 어머? 삐졌어?"

"큭!"

"후후후♪" "?!"

이때라는 듯이 리디야가 날 놀렸고 아틀라는 그걸 흉내 냈다.

――그런 식으로 느긋하게 식후 시간을 보내고 있는데 파올로 씨가 다가왔다.

반갑게 말을 걸어온다.

"쾌적한 밤이군요. 식사는 입에 맞으셨을까요?"

"네, 맛있었어요." "나쁘지 않았어." "♪"

저녁 식사로 제공된 요리들은, 맛집 순례에 영혼의 4분의 3 정도는 바치고 있는 교수님이라 해도 만족할 것이다.

나는 파올로 씨에게 물었다.

당연히…… 어느 정도 거짓말을 섞어서.

"해산물과 채소는 물의 도시 산인 것 같은데 홍차와 얼음과자 재료를 여쭤도 될까요? 세상은 이렇다지만 모처럼 자유도시에서 물의 도시로 여행을 온 거라. 이래 봬도 식품을 다루는 상회에서 일하고 있거든요."

"호오, 자유도시에서…… 물론 알려드려야지요."

"감사합니다. 잠시만요. 어어……."

나는 가슴 주머니를 뒤졌다. 잊지 않도록 메모해 둬야지…….

시간을 잡아먹고 있자, 리디야가 당연한 것처럼 펜과 메모지를 꺼내 건네주었다.

"자."

"고마워."

파올로 씨에게 고개를 끄덕였다.

"부탁드립니다."

"그럼── 오늘 홍차는 저희 연합 구성국 중 한 곳인 폴론토 후국의 희귀품이지요. 물의 도시에 수많은 호텔이 있지만, 이것을 제공해 드릴 수 있는 곳은 본 호텔뿐이라 자부합니다. 얼음과자의 설탕도 마찬가지로 론도이로 후국의 최고급품. 우유는 카니엔 후국의 특급품을 사용했습니다."

"폴론토, 론도이로, 카니엔이라 하면 남부 6개 후국이군요?"

"자세하시군요. 그렇습니다."

후국 연합은 북부 5개 후국과 남부 6개 후국, 정치를 관장하는 물의 도시로 구성되어 있다.

재료는 모두 남부산이라…… 낮에 곤돌라 위에서 보기론 전쟁의 그림자가 그렇게까지 보이지는 않았는데, 뒤에선 삐걱거림이 발생하고 있는지도 모른다.

의자 위로 아틀라가 올라서더니 동물 귀와 꼬리를 떨었다.

저 멀리로 돛대 위에 불빛을 밝히며 대운하 앞 작은 섬에 입항하려는 긴 중형 범선(군함인 모양이다)이 보인다.

물의 도시의 뱃사람이라면 남방 도서 제국과 어깨를 나란히 하는 높은 기량을 가진 것으로 이름이 높다.

하지만 앞바다라면 몰라도 수심이 얕은 곳이 대부분인 물의 도시로 밤에 입항한다고?

그 의미를 파악하고자 머리를 굴리고 있는데 아틀라가 눈동자를 빛내며 날 바라보았다.

"배~♪ 앨런?"

"——보고 와도 돼. 리디야."

"♪" "알았어."

리디야는 아틀라와 의자에서 일어서더니 손을 잡고 자리에서 멀어졌다.

——순간보다도 짧게 시선을 나눈다.

나는 항상 생각이 지나친 걸지도 모른다. 하지만…… 아무리 애를 써도 신경이 쓰인다.

파올로 씨가 테이블 위를 정리하며 칭찬해 주었다.

"무척 아름다운 사모님과 귀여운 따님이시군요."

"감사합니다. ——몇 가지 부탁드려도 될까요?"

"얼마든지요."

리디야가 지켜보는 가운데 아틀라가 범선을 보고 신이 났다.

그런 두 사람을 여성 손님이 바라보며 얼굴을 가까이하고 평화롭게 대화를 나누는 모습이 보였다.

필요한 것은 우선 정보다. 노 지배인에게 의뢰했다.

"그럼── 물의 도시의 신문을 방까지 부탁드립니다. 오늘 것부터 저희가 묵는 동안은 매일. 주요 신문만이라도 상관없습니다. 그리고 세탁물은 바로 내놓을 수 있나요?"

"신문을 전해드릴 때 주시면 됩니다. 본 호텔의 세탁 기술은 굉장하지요."

어머니와 카렌이 수선해 준 웃옷은 소중히 하고 싶다. 바로 세탁을 맡겨보자.

나는 리디야가 아직 돌아오지 않은 것을 확인하고 작게 희망을 전했다.

"마지막으로…… 와인을 추천해 주시겠어요? 물의 도시의 야경을 즐기며 그녀와 마시고 싶거든요."

"──맡겨 주시죠. 이럴 때를 위해 아껴 둔 와인을 가져다 드리지요."

노 지배인이 반갑게 청을 들어주었다. 넉살 좋은 사람이다.

아틀라가 테이블 아래를 지나 내 무릎 위로 뛰어올랐다.

"♪"

"어서 온, 아틀라."

"무슨 얘기 했어?"

조금 늦게 리디야도 돌아왔다.

여성 손님들이 자리에서 일어나 호텔 안으로 걸어가는 것이 시야를 스쳤다.

새족 여성의 마력, 방에서 느꼈던 마력의 위화감과 비슷한 것도 같은데?

자리를 바꿔 내 옆에 앉은 공녀 전하에게 말을 걸었다.

"그냥 세탁물 부탁하던 거야. 파올로 씨, 저희는 내일 물의 도시를 관광하려고 하는데요, 추천하는 곳을 알려주실 수 있을까요?"

"그건…… 예."

잠시 말을 머뭇거리고 파올로 씨가 자랑스럽게 가슴을 폈다.

"물의 도시에서 태어나 물의 도시에서 자라 물의 도시에서 살아온 몸입니다. 나중에 종이에 정리해 전해드리도록 하지요. 원하시는 장소 등이 있으실까요?"

"글쎄요…… 대도서관에는 꼭 가보고 싶네요!"

물의 도시 북쪽에 있는 도서관 섬.

그 대도서관의 장서량은 200년 전, 마왕 전쟁으로 불타 소실된 왕국의 그것에 필적한다고 칭송받고 있다.

리디야가 못을 박았다.

"오래 있으면 안 된다?"

"아, 안다니까."

아틀라를 무릎 위에 앉히고 머리카락을 고쳐주며 시선을 피했다.

왕립 학교 시절에도 대학교 시절에도 리디야를 내팽개치고 서고에서 독서에 열중하던 전과범으로선 이 화제를 꺼내오면 불리하다.

“그리고 『고양이 오솔길』이군요. 물의 도시에서 가장 오래됐고 복잡하다는 시장이라죠? 곤돌라꾼은 가능하다면 수달족 스즈 씨를 지명해 주셨으면 합니다.”

파올로 씨가 살짝 놀란 뒤 고개를 크게 끄덕였다.

“수달족 곤돌라꾼은 물의 도시 안에서도 가장 실력이 좋은 자들이죠. 연락은 본 호텔에서 드리겠습니다. 혜안에 감복했습니다. 더불어 『고양이 오솔길』은 인기가 많지만…… 대도서관이라 즉답을 주신 손님을 저는 이 일을 오랫동안 해왔지만, 처음 뵙습니다.”

그렇게 이상한가?

아틀라를 노려보는 붉은 머리 공녀 전하에게도 물어보았다.

“리디야는?”

“어?”

“가고 싶은 곳.”

“——음, 글쎄.”

리디야는 직접 잔에 냉수를 따르고 한 모금 마셨다.

어라? 긴장했나?

신기하게 생각하고 있는데, 나와 시선을 피하고 담담히 고했다.

“——『옛 성당』은 한번 보고 싶네.”

“? 그런 데 관심이 있었던가??”

물의 도시 옛 성당은 의사당이 있는 중앙 섬에 호젓이 서 있다고 들었다.

언제 세워졌는지, 누가 세웠는지는 일절 불명.

알고 있는 것은── 물의 도시에서 가장 오래된 건축물이라는 사실뿐.

한정된 기간에만 공개되지만, 여행기 등을 읽는 한 특별히 볼 만한 것도 없는 장소다.

파트너는 냉수를 비우고 잔을 내려놓곤 날카롭게 노려보았다.

"뭐? 딱히 이상할 거 없잖아."

"이상하다곤 말 안 했잖아. 근데…… 나도 보고 싶긴 하네."

"너라면 그렇게 말할 줄 알았지. 그냥 그렇다고!"

"아하." "♪"

아틀라의 머리를 쓰다듬으며 석연찮은 감정을 집어삼켰다.

관심이 가는 것은 사실이니까.

무엇보다── 리디야가 가고 싶다고 말했다.

노 지배인은 공손히 고개를 숙였다.

"──알겠습니다. 모든 것은 이 파올로 솔레비노에게 맡겨주시기 바랍니다."

*

『북부 아틀라스, 베이젤 후국군, 두 후국 수도에서 적군과 계속 대치 중.』

『일시 귀국한 론도이로 후작, 왕국과 즉시 강화를 맺을 것을

강하게 요구하는 서간을 의회에 제출.』

『카니엔 후작, 의회에서 연설. 강화 협정은 후국 연합의 명예를 실추시킬 것이라 우려를 표명.』

『피사니 통령과 니티 부통령, 나날이 연이은 극비 회담.』

대형 목욕탕에서 돌아온 나는 소파에 앉아 머리를 수건으로 닦으며 파올로 씨가 전해준 물의 도시 신문을 눈으로 훑고 있었다.

입고 있는 건 통기성이 좋고 품이 넉넉한 편인 유카타. 남도에서 만들어진 물건이다.

이런 것까지 준비해 놓았을 줄이야…… 리디야 녀석, 처음부터 물의 도시로 올 생각이었군.

원형 테이블 위의 유리병에서 냉수를 잔에 따르고 신문을 접었다.

후국 연합 내부의 여론은 전쟁 계속파와 화평파로 분열된 모양이다.

단, 남부의 카니엔 후작이 전쟁 계속파인 건 왜지?

남부 6개 후국은 제3차까지 이어진 남방 전쟁에서 린스터의 무서움을 톡톡히 깨달았다.

그렇기에 론도이로 후작이 강화를 바라고 있는 걸 텐데…….

"으~음…… 모르겠네."

정세가 이래서야 당분간 나와 리디야에게 접촉해 올 상대도 없을 것 같다.

그건 그렇고── '니티' 라.

"후후……."

왕립 학교 시절—— 그 이름을 댄 몹시 완고하고 우직한 남자가 있었다.

상대는 기억 못 할지도 모른다. 아무렴, 제대로 대화를 나눈 건 졸업식 때 한 번뿐이다.

하지만 나는 그를 기억하고 있다.

나에게 분노를 부딪쳐 오던 그 얼굴을 떠올리고 있는데 욕실 문이 열렸다.

흰 잠옷 차림의 아틀라가 머리를 말리지도 않고 뛰쳐나왔다.

"앨런♪"

어린 소녀가 곧장 내게로 뛰어든다. 준비해 둔 수건으로 받아 들었다.

기쁜 듯이 배에 머리를 들이미는 어린 소녀에게 주의를 주었다.

"어허~. 제대로 안 닦으면 혼난다? 자, 거기 앉자. 내가 말려——."

"아틀라는 내가 말릴 거야."

조금 늦게 머리를 수건으로 닦으며 리디야도 나왔다. 숨을 삼켰다.

——어른스러운 하얀 네글리제.

웃옷을 걸쳤다지만 두 어깨와 쇄골이 드러나 눈을 어디에 둬야 할지 모르겠다.

리디야는 의자를 들어 내 앞에 놓고 앉아 브러시를 건넸다.

“넌 내 머리 말려줘. 아틀라, 내 무릎에 앉으렴.”

“…….” “♪”

이럴 때 거스르는 건 악수다. 나는 말없이 따랐고 아틀라도 꼬리를 살랑거리며 이동했다.

리디야의 머리카락을 부드러운 수건으로 닦는다.

“――응.”

간지럽다는 듯이 몸을 떠는 붉은 머리 미소녀에게서 목소리가 새어 나온다.

바람 마법에 온도 조작을 조합해 붉은 단발머리를 말려 나갔다.

“♪”

“아틀라, 머리 움직이지 말고. 말리기 힘들, 응.”

“리디야도 움직이지 말아줬으면 좋겠는데.”

“뭐어?!”

“혼나는 게 나야?!” “나야~♪”

리디야가 아틀라를, 내가 리디야의 머리를 한동안 말렸다.

――작은 숨소리가 들려오기 시작했다. 깨우지 않도록 조용히 묻는다.

“(아틀라, 잠들었어?)”

“(그런가 봐. 욕조 안에서도 신나게 놀았으니…….)”

“(그랬구나. 다 됐어.)”

“(고마워.)”

리디야는 아틀라를 침대로 옮기고 담요를 덮어주었다.

어린 소녀가 몹시나 행복한 미소를 띤다.

""후후후.""

자연스럽게 우리도 미소를 지었다.

나는 사영해 폐허 깊숙이에서, 죽은 뒤로도 아틀라를—— 여덟 대정령 중 한 축, 『뇌호』를 계속해서 지키던 【쌍천】 리나리아 에텔하트에게서 이 아이를 부탁받았다.

하지만—— 이렇게 작고 순진무구한 아이를 지키는 것에 이유 따윈 필요 없다고 생각한다.

리디야와 얼굴을 마주 보고 입술에 검지를 대곤 발코니로 나갔다.

작은 테이블 위에는 파올로 씨가 전해준 특별한 와인이 차가운 얼음물이 든 바구니에 담겨 있었고 길쭉한 잔이 두 개 있었다. 안주는 말린 과일과 염장한 고기 등등.

"흐음……?"

떼쟁이 아가씨의 앞머리가 솟아오르며 기분 좋은 듯이 좌우로 살랑거린다.

나도 장난치며 연기했다.

"마음에 드셨을까요? 리디야 아가씨?"

"그건, 이제부터, 봐야지."

달빛 아래에서 리디야가 빙글 돌아보며 장난스러운 표정을 지었다.

"있지~."

"응?"

코르크 따개로 와인의 코르크를 천천히 뽑는다.

발포 와인인지 갑자기 뽑으면 세차게 뽑어져 나올 것 같다.

리디야가 다가와 눈을 치켜떴다.

“잠옷, 어때?”

“귀여워, 귀여워.”

가슴께가 시야로 들어와 의도치 않게 허둥거렸다. 오래 알고 지냈기에 들켰다.

아니나 다를까 즐겁게 놀린다.

“제대로, 눈 보고, 말하란 말야~.”

“그 잠옷, 입은 적 있던가?”

“새로 장만한 거야. 마음에 들어? 괜찮아. 말 안 해도 아니까. 고마워하라구. 내 잠옷 차림을 보는 게 허락되는 남자는 너밖에 없으니까. 자, 지금부터는 어른의 시간이야. 물어보고 싶은 게 많지? 대답해 줄게. 착하디착한 주인님께 고마워하렴. 뭐── 나중에 전부 이자까지 붙여서 받아낼 거지만.”

“나도 받아야 할 게 있을 것 같은데.”

열세를 느끼면서도 농담을 입에 담는다.

──퐁.

코르크가 빠졌다.

잔에 와인을 따르자 하얗고 세밀한 거품이 기분 좋은 소리를 냈다.

하나를 리디야에게. 또 하나는 나에게.

“그럼.” “응.”

""——건배.""

땡그랑 하는 맑은 소리가 나며 잔이 맞닿는다.

왕도에서도 마신 적 없는 탄산이 들어간 와인이 목을 지나간다.

"무척…… 맛있는걸? 이거."

"그러게—— 너도 조금은 눈치를 챙길 줄 알게 됐네? 옛날엔 음험한 왕녀만 우대하고 난 아무렇게나 대했으면서!"

나와 리디야, 그리고 셰릴은 불과 1년이었지만, 인생에서 가장 진한 시간을 왕립 학교에서 함께 보냈다.

셰릴은 제1 왕녀 전하. 리디야는 공녀 전하. 나는 늑대족 양자.

교차할 일 없었을 우리 세 사람의 실은 그때—— 분명 얽혀있었다.

의자에 앉아 안주를 작은 그릇에 덜었다.

"내 생각엔 누명 같거든."

"어머? 이길 수 있을 것 같아? 난 증거를 잔뜩 갖고 있는데?"

"내 짐작인데…… 셰릴도 같은 소릴 할 거야."

"뭐어?! 나랑 음험한 왕녀는 비교할 것도 없거든? 네가 가장 우선해야 할 건."

"당연히—— 세상에서 가장 귀여운 여동생인 카렌이지. 아니? 지금은 티나네인가?"

"죽, 어★"

리디야는 악담을 쏘아붙이며 눈앞에 앉더니 붉은 머리를 붙잡으며 다리를 꼬았다.

이 와인. 어디서 만들어진 걸까? 무척 맛있다.

평화로워지면 펠리시아와 상담해서 상회에서—— 볼을 꼬집혔다.

"지금, 다른 여자애 생각했지? 펠리시아인가?"

"! 그, 그런 거, 아닌데……?"

어떻게, 들켰지.

리디야가 한쪽 팔로 턱을 괴며 흘겨본다.

"넌 항상 그래……. 그래도 오늘 밤은 안 돼. 지금 눈앞에 있는 게 누구지?"

"리디야 린스터 공녀 전하."

"그게 아니잖아~. 자, 한 번 더."

"……."

다시 하란 명령을 받고 나는 갈등했다.

방 안에는 아틀라밖에 없다. 누가 들을 걱정은 없다.

없긴 하지만.

두 손을 휘둘러 온 힘을 다해 방음 마법을 펼쳤다.

말을 기다리는 미소녀를 바라보고,

"내—— 아, 아내인…… 리, 리디야 앨번……."

상상한 것보다 더 큰 수치심이 덮쳐 와 견디지 못하고 와인을 비웠다.

리디야는 환희에 찬 표정을 짓더니 히죽히죽. 히죽히죽. 히죽

히죽.

"으응? 뭐야? 뭔데 뭔데~? 얼굴이 새빨갛네? 서, 방, 님? 말해두겠는데, 이건 정당한 권리야. ……네가 남도에 있는 내 앞으로 보낸 전언, 안 잊었거든? 깊이 반성하라구!"

"끄으으으……."

내가 반란 때, 리디야에게 '뒤를 따르려 한다면 싫어하게 될 거다' 라는 전언을 근위 기사 라이언 보르에게 맡긴 것은 사실이다.

견디지 못할 가능성이 크다고 우려했기 때문이었으며 이 아이가 상처받을 것도 알고 있었다.

나의 파트너, 대륙 서방에 이름을 떨치고 있는『검희』리디야 린스터 공녀 전하는—— 조금만 있으면 열여덟 살이 되는 평범한 여자아이이니까…….

리디야는 턱을 괴곤 다리를 파닥거렸다.

"우후후♪ 아~ 기분 좋다. 좋은 밤—— 엣취."

불어온 바람에 귀엽게 재채기한다.

"이럴 때 그러는 걸 보면 꼭 어린 여자애들 같다니까. 하나 더 걸칠래?"

"시끄러~. 괜찮거든, 고마워."

——그때 밤바람이 불어왔다.

짧아진 앞머리를 억누르는 리디야에게 달빛이 쏟아진다.

"아……."

만난 이래로 줄곧 옆에 있었기에—— 눈치채지 못했을지도 모른다.

어른스러운 리디아는 이 세상 누구보다도——.

"——아름다워."

"……흐에?"

! 아차!! 본심이 새어 나왔다!!!

리디아가 테이블 위로 몸을 내밀었다.

"지금 뭐라고? 뭐라고 한 거야?! 한 번 더 말해줘!! 앨런!!!"

"아~ 아무것도 아니야, 아무것도. 리, 리디야 아가씨, 쉬, 쉬잇. 아틀라 깨겠다."

필사적으로 얼버무린다. 몇 번이나 말했다간 내 심장이 못 버틴다.

"확실히 중요하긴 해. 하지만—— 지금 내겐 네 말이 세상에서 가장 중요, 엣취."

다시 귀엽게 재채기한다. 밤바람이 조금 세진 것 같다. 달도 구름 뒤로 숨어버렸다.

"역시, 윗옷 갖고 올게."

자리에서 일어나 방 안으로 돌아간다.

그러자 리디야도 내 왼팔 소매를 손가락으로 붙잡고 따라왔다.

"하여간! 가끔은 솔직하게 날 칭찬 해줘야 하거든?"

"꽤 칭찬하고 있는 것 같은데."

"부족하단 말야~~~~~."

"……평소의 늠름한 네 모습만 아는 사람은 황당하겠다."

"하! 알 게 뭐야. 그런 건 내 인생에 아무런 영향도 못 미쳐."

오만하게 말을 뱉으면서도 말투에서는 어리광이 배어난다.

셰릴 왈 "앨런은 리디야 어리광을 너무 받아줘." ……그럴지도 모르겠다.

낮에 입었던 웃옷을 들려 하자 가로막혔다.

"그거 말고. 이쪽이 좋아."

리디야는 파올로 씨가 전해준 내 웃옷을 손에 들었다.

무슨 마법을 쓴 건지, 목욕탕에 다녀온 사이 세탁을 마친 것이다.

웃옷에 얼굴을 묻은 소녀가 중얼거린다.

"──네 냄새가 안 나잖아. 감점이야."

"카, 카렌도 그렇고 맡지 좀 마!"

항의했지만 들은 체도 안 하고 붉은 머리 미소녀가 웃옷을 걸쳤다.

그리고 내게 다가와 아무 말 없이 끌어안았다.

──정적.

등을 쓰다듬어주자 나와 시선을 맞추고 미소 짓는다.

"──키, 또 좀 컸어?"

"글쎄? 컸나?"

"컸어…… 후후♪"

진심으로 기쁜 듯이 리디야가 내 머리카락을 만지작거렸다.

왕립 학교에 입학한 이래로 줄곧 이 아이가 더 컸다. 살짝 몸을 떨어뜨린다.

“그러고 보니 말야.”

“응~?”

“아버지랑 어머니께 그렇게 말할 것까진 없었던 거 아냐?”

동도에서 리디야는 우리 부모님께 강한 말로 자신의 결의를 부딪쳤다.

『앨런은 제가 지키겠어요.』『그러니 함께 있게 해주세요.』

눈을 감고 가슴에 머리를 대며 리디야가 중얼거렸다.

“그러면, 안 됐어?”

“안 되는 건 아닌데.”

“뵐 기회도 잘 없으니까, 이번엔 살짝 실패도 했고.”

“살짝?”

“노, 놀리지 말라고오~.”

“미안해 미안해. 계속해.”

볼을 볼록 부풀리고 입술을 삐죽이는 아가씨에게 다음 말을 재촉했다.

리디야가 날 물끄러미 바라본다.

“——나는, 난 있지?”

“응.”

“내 마음과 각오를, 제대로 말로 전해두고 싶었어. 다른 사람도 아닌 아버님과 어머님—— 네 소중한 사람들에게.”

무척 강한 마음. 감정에 호응해 아름답게 불타는 하얀 깃털이 흩날리기 시작한다.

나는 지금까지 몇 번을 말했는지 모를 말을 되풀이했다.

"리디야. 넌 『검희』이기 이전에 여자아이야. 지키는 건 나야."

"넌 이미 날 셀 수 없을 정도로 구해줬어. 그러니까——."

거리를 좁히고, 이마와 이마를 맞대고 고백한다.

"나도 널 구해주고 싶고 지켜주고 싶고 끌어안고 싶고 독점하고 싶고 계속, 계속 이렇게 있고 싶고……."

리디야가 고개를 들었다. 볼이 발갛게 물들었다.

"키스도, 하고 싶고…… 해줬으면 좋겠어……."

"응……."

가차 없는 파상 공격과 달콤한 향기가 코를 간지럽혀 나는 쩔쩔매고 말았다.

눈이 점점 감기고…….

"——♪"

침대에서 아틀라가 몸을 뒤척였다.

그 기척에…… 둘 다 조금 진정을 되찾았다.

"——충분하단 말론 부족할 정도로 도움은 받았었는데 말이지."

"——그러고 나면 배로 해서 갚으면서~."

"돌아갈까?"

"응."

웃옷을 걸친 리디야와 손을 잡고 발코니로 향했다.

의자에 앉자 억지로 들이민다.

"좀 들어가~."

"에이."

"에이 하지 말고!"

의자 하나에 나누어 앉자 어깨와 어깨가 맞닿았다.

"후후후~♪"

리디야가 기분 좋게 콧노래를 흥얼거리며 와인을 마셨다.

나는 잔을 기울이고—— 담담히 물었다.

"진지한 얘기, 해도 될까?"

"그래—— 눈치챘지?"

어조가 변하며 총명함이 섞인다.

"이 호텔엔 각국의 첩보 기관에 속한 사람과 관계자가 들락거려. 파올로에게 건넨, 오래된 금화는 그런 증명이래. 마야가 그랬어. 우리 정보도 지금쯤 물의 도시 중추부에 전해졌을걸. 만에 하나——."

마야—— 왕도에서 우리를 배웅해 준 밤갈색 머리카락의 메이드분 말인가.

리디야가 자신의 붉은 머리를 가리켰다.

"내가 누군지 오인할 만한 상대라면 두려워할 거 없어. 후국연합 내부의 첩보 능력이 상상 이상으로 약해졌다는 증거고 강화 조건을 다시 고려하는 것도 검토하게 되겠지—— 보다 가혹

하고 격렬하게. 약해진 적을 철저하게 공격하는 게 우리 가훈이기도 하니까?"

나는 얼굴을 찌푸리고 건포도를 미소녀에게 먹였다.

대운하 안에선 야간임에도 수많은 작은 배가 이리저리 움직이고 있는 모양이다.

"가훈이 싫다……."

"이제 와서 뭘 그래. 오히려 네가 생각하는 게 상대한테는 싫을 것 같은데?"

"과대평가." "아니거든."

"반론" "하게 둘 줄 알고?"

나는 눈을 감았다. 와인을 마시고 생각을 전한다.

"물의 도시 내부는 강화파와 항전 계속파로 갈린 것 같아. 피사니 통령과 니티 부통령이 회담을 벌이는 것도 아직 의견 통일을 마치지 못했단 걸 시사하지. 여론은 말할 필요도 없고. 물의 도시의 분위기는 전시의 그것이 아니야."

"어느 나라든 비슷비슷하구나."

"왕국은 꽤 특수할걸. '전하' 경칭도 포함해서 말야."

타국은 동서남북에 그렇게 강대한 공작가를 묶어두지 않는다. 게다가 군사력마저 쥐여서.

나는 결론을 늘어놓았다.

"전쟁에 절대란 건 없지만, 네 말처럼 린스터는 전장에선 지지 않을 거야. 군 주력이 왕도에서 이동해 전선에 재배치되면 아틀라스, 베이젤 두 후국뿐만 아니라 북부 5개 후국, 물의 도시까지 수중에 넣는 것도 불가능하지 않지. ……병참을 통괄하는 남도 본진이 엉망이 될 테니 그러진 않겠지만."

왕국은 현재 동쪽 국경에서 성령 기사단과 대치 중이다.

그리고 사영해에서 내가 교전을 벌인 상대 중엔 라라노어 공화국의 군인도 포함되어 있었다.

북방의 유스틴 제국과의 강화 협정이 성립돼도 상황은 예단을 허락지 않는다.

여기까지 생각한 게 성령교의 『성녀』일까?

말린 무화과를 먹으며 이야기를 계속했다.

"물의 도시까지 오며 후국 내 상황을 상공에서 어느 정도 볼 수 있었어. 도로는 들쨰치고 철도망은 아직 정비되지 않았지. 아무리 해로를 사용할 수 있다 해도 북부 5개 후국을 병합한다면 일이 몹시 귀찮아질 가능성이 무척 커. 또 물의 도시에 있는 선박의 수. 후국 연합에는 아직 여력이 있어. 대륙 서방의 정세가 유동적인데 린스터가 움직이지 못하게 되는 건 악수지. 따라서——."

"『조기 강화할 수밖에 없다. 영토는 병합하지 못하더라도 어쩔 수 없다』."

리디야가 즐거운 듯이 결론을 냈다. 나는 어깨를 으쓱이고 본심을 흘렸다.

"네가 창구가 되는 게 좋을 것 같은데? 수석 리디야 린스터 공녀 전하?"

"싫어."

"싫기는."

“난 수석이 아닌걸.”

“왕립 학교, 대학교 다 수석 졸업이잖, 아얏!”

리디야가 내 왼팔을 살포시 깨물었다.

“어디 사는 누구께서~ 다 나한테 떠넘겨서 그런 거잖아아아.”

나중에 학교장님께 들어보니 왕립 학교 졸업 성적은 내가 수석이고 리디야가 차석이었다.

셰릴은 3등——이었다는 모양이다.

하지만 여전히 편견이 심한 왕도에서 늑대족 양자가 수석 졸업을 해버리면 최악의 경우, 수인족 전체에 대한 배척이 왕도에서 일어날지도 모르기 때문에 리디야가 수석이 된 것이다.

사실은 내가 3등이 될 예정이었으나 셰릴이 강행했다.

『난 졸업 안 하고 물의 도시로 유학 갈 거니까』. 그 왕녀 전하는 너무 고집이 세다.

“아프다니까. 물지 마!”

“——흥이다. 심술쟁이. 괴롭히기나 하구. 그런 건 유행 안 하거든! 정체 모를 여자한테 반지도 받고 한술 더 떠 릴리한테까지! 으으!!!”

리디야가 반지와 팔찌를 다시 거론했다. 어지간히 불만인 모양이다.

빈 잔에 와인을 따르고 팔찌를 보여주며 설득했다.

“릴리 씨 팔찌는 보험도 겸했을걸? 그 사람, 널 무척 좋아하니까.”

리디야가 알기 쉽게 기가 죽었다. 이래저래 말은 많아도 사촌 언니와 사이가 좋기 때문이다.

"그건 뭐, 그렇겠지만…… 연상에 머리 긴 여자가 상대라고 해서 너무 너그러운 거 아냐?"

"어, 어폐가 있는걸……."

연상에 머리가 긴 여자가 취향—— 그리 단언한 적은 없을 텐데.

어깨에 머리를 부딪치며 토라진 목소리로.

"연상인 여자애는 여기에도 있어…… 머리도 또 기를 거고."

"짧은 것도 잘 어울리는데?"

"그래도—— '조금 더 긴 게 난 더 좋다' 며?"

왕립 학교 입학 시험장에서 내가 당시 머리가 짧았던 리디야를 그렇게 놀렸다.

——리디야가 머리를 기르기 시작한 것은 그날 이후부터다.

"하아아…… 네겐 정말 못 당하겠어."

"그럼? 4년이나 늦게 깨달았네."

붉은 머리의 미소녀가 일어서더니 잠시 나아가 돌아보았다.

기도와도 닮은 고백.

"——넌 내가 발견해서 붙잡았어. 음험한 왕녀도, 도둑 같은 사촌 언니도, 굳센 늑대 성녀도, 건방진 시누이도, 그 꼬맹이도 아닌, 바로 나, 리디야 린스터가! 누구한테도 안 넘겨줄 거고 안 질 거야! ……이번 사건으로 다시 깨달았어."

고개를 수그린다. 목소리가 떨린다.

나 말고는 다른 이에겐 보여주지 않는…… 울보 같은 리디야다.

"난 있지…… 내가 생각하던 것보다 훨씬 독점욕이 세고 혼자 선 못 걸을 만큼 약한가 봐. 그러니까, 그러니까 있지……?"

고개를 들고 날 똑바로 바라본다. 눈동자에 고인 희미한 눈물.

"두 번 다시…… 이젠 두 번 다시 나한테서 떨어지지 마. 너랑 함께라면 난 어디든 갈 거야. 그게 설령 불타는 지옥이라 해도, 얼어붙은 지옥이라 해도, 세상 끝이라 해도!"

"……리디야."

나는 자리에서 일어나 몸을 떨고 있는 소녀 곁으로 다가갔다.

——이런 말까지 시켰으니 각오를 굳혀야겠지.

리디야의 두 손을 움켜쥐었다.

"? 앨런……?"

"여긴 적지니까 말야."

아무것도 아닌 것처럼 말하고—— 마력을 아주 얕게 연결했다.

"어?"

놀라 눈을 휘둥그레 뜬 소녀에게서 시선을 피하고 재빨리 말했다.

"물의 도시에 있는 동안은 연결해 둘게. 이러면 갑자기 습격당해도 대응할 수 있고 조금은 마음이 놓이지 않을까?"

나와 리디야는 마력을 너무 연결한 폐해로 서로 간의 회로가 구축되고 있었다.

항상 연결해 두는 것도 지금이라면 가능하리라.

다만 그만큼, 회로 구축이 진행되어 내가 리디야의 마력을 꺼내 쓰기 쉬워진다.

내가 기피했고…… 리디야는 줄곧 바라던 행위다.

깜짝 놀라던 소녀는 내 가슴에 얼굴을 묻었다. 따뜻한 눈물이 유카타에 자국을 만들어 나간다.

"바보. 바보 바보. 진짜 바보야…… 고마워…… 난 앨런 거니까, 알았지?"

등을 다정히 쓰다듬고 또 쓰다듬어준다.

리디야의 눈가를 손가락으로 훔치고 제안했다.

"자, 내일 어디 갈지 정하자. 어렵게 교섭할 필요가 없다면 모처럼 물의 도시에 왔으니 즐겨야지. 옛 성당에 가고 싶다고 그랬지?"

그러자 리디야는 부끄러운 듯이 고개를 저었다.

"아직, 괜찮아. 가는 건, 더 나중이어도 돼……."

"어? 아까는."

"됐, 다, 니, 까! 자, 계속 마시자!"

"그래."

석연찮음을 느끼면서도 나는 아가씨가 이끄는 대로 따랐다.

*

"——그럼 틀림없는 거겠지, 파올로?"

"네."

심야임에도 불구하고 달리는 펜을 멈추지 않는 청년에게 나는 대답했다.

나이는 올해로 스물네 살. 수수한 안경을 끼고 연푸른색 머리카락이 살짝 길다.

안광은 날카롭지만, 피로도 강하게 느껴졌고 예복도 후줄근하다.

물의 도시 중앙 섬. 후국 연합에서도 손꼽히는 명문가 니티가 저택에 있는 어느 방.

바깥 얼굴인 호텔의 노 지배인이 아니라 나는 무대 뒤 얼굴——니티가 직속 첩보관으로서 보고했다.

"『검희』 리디야 린스터 공녀 전하라 생각됩니다. 『앨번』이라 이름을 댄 것은 기만이지 싶군요. ……개전 이후로 대사를 물린 린스터가 사람을, 거기다 공녀 전하를 보내왔습니다. 니케 님, 역시 강화가 목적일까요?"

"그렇다고 단정 지을 수도 없어."

청년—— 니티가 적남, 니케 니티 님이 고개를 드셨다.

그곳에 있는 것은 깊디깊은 우려와 진한 피로.

"『검희』를 외견으로만 판단하지 마라. 녀석은 의심할 여지가 없는 괴물이다. 그럴 마음만 들면 혼자서 물의 도시를 불바다로 만들어버리는 것 따윈 누워서 떡 먹기야. 아바시크 때 일을 모르는 것도 아니지 않나? 의원 중에는 현실을 외면하는 자도 많지만 말이다."

지금으로부터 한 달 반 전, 개전 벽두에 전격 침공을 받은 아틀라스, 베이젤 두 후국군은 아바시크 평원에서 왕국의 린스터 공작군과 교전을 벌였고—— 전쟁사에 남을 참패를 거뒀다.

그때 혼자서 본진을 유린하고 마법 하나로 군 전체의 사기를 붕괴시킨 악마가 있었다.

전장의 소문인 줄 알았으나, 설마 그것이 저 행복해 보이는 소녀란 말인가.

니케 님이 안경을 벗으셨다.

"동시에 린스터는 어리석지 않아. 화전 양면을 노리고 있을 거다. ……그래서? 아무리 『검희』라 한들 혼자 행동하는 건 아닐 텐데? 누가 함께 있었지?"

"앨런이라고 이름을 댄 청년과 여우족 어린 소녀입니다. 남편과 아이는 아닌 모양입니다만, 강자이지 싶습니다."

제어가 어려운 부유 마법을 그토록 쉽게 사용하는 마법사. 얕볼 수 없다.

하지만…… 눈앞의 청년이 보인 반응은 상상을 뛰어넘었다.

항상 냉정하고 침착하며 '니티의 차가운 칼날' 이란 평가를 받는 니케 님이—— 아연실색하고 있었다.

"……뭐, 라고? 앨런? 앨런이라고?!"

"왜, 왜 그러시는지요?"

머리를 헝클어뜨리며 신음을 흘리신다. 스트레스 때문인지 개전 이후로 흰머리도 늘어나신 것 같다.

"최악이다! 아니, 연합에 있어선 최선인가? 그 남자라면 강화를……."

"무슨 말씀이신지요?"

확실히 그 청년의 실력은 대단할지 모른다.

하지만 니케 님 정도 되는 분께서 이렇게까지 평정을 잃으시다니.

"내가 웨인라이트 왕국의 왕립 학교에 유학 갔던 건 알고 있겠지?"

"네."

왕국의 왕립 학교는 대륙 서방 최고의 명문 학부다. 입학조차 하늘의 별 따기다.

니케 님이 서랍을 여시더니 작은 병을 꺼내 단숨에 들이키셨다. 안에 든 건 위약이리라.

"그곳은 말 그대로 마굴이었다……. 『검희』에 『광희(光姬)』. 절대적인 재능의 격차에 몇 번을 좌절했는지 몰라."

니케 님은 지금이야말로 부통령으로서 격무를 보고 계신 아버님 대신 니티가의 집안 업무를 통괄하고 계시지만, 원래는 장래가 촉망받던 마법사셨다.

그만한 분이 좌절을……?

"――그중에서도."

작은 병을 내려놓은 니케 님이 얼굴을 찌푸리고 말을 뱉으셨다.

강한 증오와―― 희미한, 하지만 명확한 경외.

“특출난 괴물이었던 것이…… 『검희의 두뇌』, 늑대족 앨런이다.”

“?! 설마요…… 단순한 소문 속 존재가 아니었습니까?”

——『검희』의 옆에는 『검희의 두뇌』가 있으니.

그러한 소문은 몇 번이나 들었다.

그러나 지금까지 연합의 첩보 기관조차 확실한 정보를 얻진 못했는데.

니케 님이 책상 위에서 손을 깍지 끼곤 무겁게 고하셨다.

“한바탕 소란이 일 거다, 이번 전쟁이 결착 나려면. 성령교와 계략을 꾸미는 카니엔 후작이 바라는 형태가 될지는 알 수 없지만 말이야. 론도이로 후작을 중심으로 한 강화파의 중진들도 군을 편성하고 있어. 파올로—— 무언가 움직임이 있다면.”

“곧바로 보고드리겠습니다.”

“부탁해. 아아, 그리고…… 동생 놈 말이다만.”

“니콜로 도련님께 무슨 일이라도?”

——니콜로 니티 님.

니티가의 차남으로 나이 차이가 크게 나는 니케 님의 배다른 형제다.

지니고 계신 잠재 마력은 그야말로 놀랄만하지만, 몸이 별로 튼튼하지 못하셔서 저택에 계실 때가 많았다.

외출하셔도 오로지 대도서관뿐.

나의 형이자 니티가의 집사를 맡고 있는 토니 솔레비노의 딸이 시중을 들어드리고 있다.

"……아니, 아무것도 아니야. 잊어 줘."

"예."

니케 님은 머뭇거리신 다음 입을 다무셨다.

――후국 연합에도 니티가에도 문제는 많아 보인다.

그 뒤로 니케 님은 내가 퇴실할 때까지 한 마디도 입에 담지 않으셨다.

제2장

『――거기 서! 멈춰라!! 늑대족 앨런!!!』

초봄. 왕립 학교 졸업식을 마치고 거대한 정문을 나오자마자 누군가 나를 불러세웠다.

주변에는 아무도 없다.

돌아보자 살짝 긴 연푸른색 머리카락에 수수한 안경을 끼고 이마에 땀이 맺힌 교복 차림의 남성이 숨을 몰아쉬고 있었다. 평소의 총명함은 전혀 느껴지지 않았으며 교복 모자도 쓰지 않았다.

『니케 니티 씨……? 왜 그러시죠?』

쫓아온 것은 입학 당시의 동기생이었다.

나는 붉은 머리 공녀 전하, 금발 왕녀 전하와 월반을 한 터라 얘기해 본 적은 거의 없었다.

『……냐.』

『? 죄송합니다. 잘 못 들었는데요.』

되물으며 뒤쪽의 정거장을 신경 썼다.

린스터 공작가의 마차가 서 있다. 서두르지 않으면 리디야가 부르러 올 것이다.

니케는 숨을 고르더니 고개를 들고 날 노려보았다.

『왜냐! 왜 네가 수석 졸업이 아니지!!! 린스터 공녀 전하가 천재인 건 맞다. 거기엔 반론의 여지도 없어. 하지만! 하지만!! 아무리 생각해도…… 아무리 생각해도 네가 수석 졸업자여야 해!』

나는 눈을 깜빡거렸다.

리디야와 셰릴. 그리고 지금은 없는 젤베르트 레니에 말고 날 평가해 주는 사람이 학생 중에 있었을 줄이야. 진심으로 놀랐고 ── 이어서 쓰게 웃었다.

『과대평가하시는 거예요. 차석 졸업조차 주제에 맞지 않는다고 생각하거든요.』

『헛소리 마라. 네놈 정도 되는 남자가, 왕립 학교를 불과 1년 만에 졸업하는 게 얼마나 큰 위업인지 이해 못 했을 리가 없을 텐데? 수석과 차석에서 나올 앞으로의 격차까지! 지금이라도 늦지 않았다. 학교장님께 부탁해 재평가를.』

『죄송하지만, 이다음 볼일이 있어서요. 짧게 부탁드립니다.』

『……읏!』

도중에 청년의 말을 가로질렀다.

사회적 지위가 낮은 『성씨 없는 자』가, 게다가 늑대족 양자인 내가 수석으로 졸업하면 큰일도 그냥 큰일이 아니다.

지금의 왕국에선 귀찮은 일을 불러올 수도 있다.

니케는 내게도 들릴 정도로 이를 갈더니 분노에 찬 시선을 쏘아붙였다.

『잘 들어라. 한 번만 말할 거다! 늑대족 앨런. 네놈은 나와 같이——.』

*

그리운—— 꿈을 꿨다.

"졸업식 때 일은 잊고 있었는데 말이지."

어제 신문에서 오랜만에 '니티' 란 성씨를 봐서 그런 것이겠지.

천천히 눈을 뜨자, 자다 뻗친 붉은 머리가 시야에 들어왔다.

"에헤…… 앨런……."

행복한 듯이 잠꼬대를 흘리며 내 하얀 셔츠를 입은 리디야가 아틀라와 함께 새근새근 자고 있었다. 어젯밤에 자기 전에는 안 입고 있었는데.

"어느새……."

리디야와 카렌, 요즘은 스텔라까지 내 셔츠를 잠옷 취급하는 것 같은데?

다음에 한 소리 해줘야겠군.

천천히 침대에서 내려와 사이드 테이블 위에 놓인 회중시계를 들었다.

정확한 정각. 모처럼 여행을 왔건만.

책상 위에는 리디야의 회중시계와 영상 보주 신품. ……응?

불길한 예감이 들어 우선 보주를 회수했다.

아틀라는 꿈을 꾸고 있는지 이따금 동물 귀와 꼬리를 움직였다.

왕도에서 탈출한 이래로 어린 여우의 모습으로 돌아가지 않는 건 리디아를 통해 안정적으로 마력이 공급되고 있어서인지, 동도에서 스텔라에게서 새어나온 빛을 흡수해서 그런 건지…… 어느 쪽이지?

두 사람이 자는 얼굴을 한동안 바라보다가 세면대로 향했다.

지금 무슨 소리라도 냈다간 리디아가 곧바로 잠에서 일어나 날 침대로 끌어들여선 두 번, 세 번 다시 잠에 빠질 것이다. 온종일 방에 틀어박히는 것도 있을 법하다.

그 또한 즐겁지만, 관광지를 알아봐 준 파올로 씨께 미안하다.

세면대에서 얼굴을 씻고 이를 닦은 뒤, 발코니로 나가 몸을 좀 움직인다.

어젯밤의 야경도 훌륭했지만 아침 안개 속에 가라앉은 물의 도시도 마찬가지로 절경이었다.

이른 아침임에도 수많은 작은 배와 곤돌라가 대운하와 수로를 오갔고 바닷새들이 상공을 날았다. 하얀색, 주황색 벽돌이 아침 햇살을 반사하며 수면을 물들였다.

지붕과 장식에 한껏 공을 들인 거리의 풍경도 사람들의 숨결이 느껴져 마음에 든다.

『물의 도시의 야경에는 천금의, 이른 아침에는 만금의 가치가 있다.』

유명한 여행기의 한 구절을 떠올리고 납득했다. 확실히 이건 여행을 올 만한 가치가 있다.

영상 보주를 테이블에 놓고 아침 훈련을 시작했다.

불, 물, 흙, 바람, 번개, 얼음, 빛, 어둠── 모든 8개 속성의 초급 마법의 단독 전개를 연이어 되풀이한다.

정숙함을 최고로 중시한다. 자고 있는 공주님들을 깨울 순 없으니.

리디야와 마력을 계속 연결하고 있는 영향은── 특별히 없다.

아주 얇게 연결해 놓아서도 그렇겠지만, 나 자신이 타자와의 '마력 연결' 이란 행위에 익숙해지기 시작한 걸지도 모른다.

대도서관에서 내 능력도 알아볼까?

아무튼── 긴급한 때 말고는 리디야의 마력은 되도록 쓰지 말아야지.

마음속으로 그렇게 결심하며 다음 훈련으로 돌입한다.

물, 바람, 빛, 어둠 마법식을 전개해──『은빙(銀氷)』 현현 직전까지 연이어 되풀이한다.

여전히 리나리아의 마의 지팡이 『은화(銀華)』의 마력은 완전히 회복되지 않았고 내가 가진 마력량으론 도저히 발동까지 끌고 갈 수 없다.

하지만 왕국에 돌아갔을 때 티나에게 요령을 알려줄 순 있다.

오른손으로 『은빙』의 마법식을 전개하며 왼손으로 이 또한 완성과는 거리가 먼 『검의 날개를 가진 거대한 가시덩굴 화염뱀』의 마법식을 만지작거린다.

간이판이지만 난이도가 정상이 아니다. 이것이 지금 할 수 있는 한계다.

"간신히 발동할 수 있는 수준까지 떨어뜨렸는데도 이렇다니…….”

리나리아와의 닿지 않는 재능의 격차에 앓는 소리가 새어 나온다.

성격은 둘째치고 엄청난 천재였구나…… 그 마녀님.

오른손 약지의 반지가 반짝였다. '당연하지!' 그런 소리라도 하고 싶은 걸지 모른다.

도저히 당해낼 수 있을 리가 없지만…… 리디야와 티나, 카렌, 엘리, 리네, 대학교 후배들. 그리고 눈에 띄는 성장을 보이는 스텔라의 앞길을 지켜보기 위해선 계속 앞으로 나아갈 수밖에 없다.

좋았어! 조금 더 힘내서——.

"응?"

누군가 지켜보는 감각을 느꼈다.

우리 방은 최상층. 인적은 없으며 바닷새가 날고 있을 뿐이다.

기분 탓—— 왼쪽 소매가 잡아 당겨진다.

아직 졸려 보이는 아틀라가 일어나 와있었다. 하얀 긴 머리는 잠결에 뻗쳤다.

"잘 잤니. 혹시 깨웠어?"

고개를 젓고 어린 소녀가 웃고는 두 손을 뻗어왔다. 안아 들고 방 안으로 돌아간다.

리디야는—— 아직 자고 있다.

"바보야…… 물의 도시로 갈 거거든…….”

그러게, 결국 와버렸구나.

검지를 입술로 들고 가 아틀라에게 "쉬잇, 하자?" "♪".

어린 소녀를 세면대로 데리고 가 작은 의자에 앉히고 얼굴을 차가운 물로 씻긴다.

"!"

동물 귀와 꼬리, 눈동자가 커진다. 잠이 달아난 모양이다.

"아틀라, 아~앙."

"?!"

순순히 입을 열기에 이를 닦았다.

처음에는 간지럽다는 듯이 있었으나—— 순조롭게 종료.

돌아보며 눈으로 묻는다. 『이제 끝이야?』 아직이야~.

물 마법으로 살짝 머리를 적시고 비치된 빗으로 잠결에 뻗친 머리를 정리해 나간다.

아틀라가 다리를 파닥거리는 것이 정말로 기뻐 보인다.

정리를 마친 머리카락에 보라색 리본을 묶어 완성! 어린 소녀를 칭찬했다.

"응, 엄청 귀여워졌네."

"!♪"

의자 위에 일어나 폴짝 내게 뛰어든다. 달라붙어 머리를 비빈다.

"어, 어허, 간지럽…… 헉."

등 뒤로 살기!

돌아보며 아틀라를 등 뒤로 숨기고—— 잠에서 깬 아가씨께 아침 인사를 한다.

왼손에는 브러시 같은 것이 담긴, 붉은 작은 새가 그려진 천 주머니를 들고 있다.

"자, 잘 잤어, 리디야."

"안녕. ……있잖아, 그거 알아?"

"뭐, 뭘 말이야?"

"매사에는 순서가 있어. ……당연히 나부터 아냐?"

잠에서 막 깬 공주님은 기분이 별로이시다.

티나와 리네처럼 앞머리도 강한 불만을 드러냈다. ……어린애 상대로 어른스럽지 못하다.

나는 어이없어하며 의자를 만졌다.

"자, 앉아."

"잘한 건 아니지만, 잘~ 했어!"

리디야가 순순히 자리에 앉아 천 주머니를 건네왔다. 브러시로 뻗친 머리를 정돈해 나간다.

아틀라도 공녀 전하의 무릎 위로.

어른스럽지 못한 리디야는 어린 소녀에게 "알겠니? 내가 먼저야. 아틀라는 두 번째거든?" "?!" "『첫 번째가 좋다』고?!". 아침부터 기운이 넘치는걸.

"리디야, 오늘은 어떻게 할까?"

"적당히. 너랑 같이 있으면 아무거나 상관없어. 계속 방에서 지낼래?"

"각하."

"으으! 하나도 안 귀여워!"

“좀, 애도 아닌데 다리 파닥거리지 마. 머리핀도 달까?”
“——마음대로 하든가.”
천 주머니에서 머리핀을 꺼내 앞머리 한 다발에 달았다. 내가 왕립 학교 시절에 선물한 것이다.
비싼 것도 아닌데 아직도 가지고 있어 준 것이 기쁘다.
리디야는 거울에 비친 자기 모습을 보고 중얼거렸다.
“흐음? 긴 머리만 그런 게 아니라 여전히 이런 것도 좋아하네.”
“어폐가 있는걸. 이 머리핀, 아직도 가지고 있었구나. ……그보다 말야.”
“왜.”
“아침 식사 시간이야. 이는 알아서 닦아줘. 그다음엔 갈아입고, 우와.”
저항할 새도 없이 리디야가 나를 붙잡더니 침대로 뛰어들었다.
아틀라에겐 부유 마법을 걸어 놓았다. 순백색 속옷이 가슴께로 엿보여 무척 심장에 안 좋다.
신체 능력과 마법을 너무 막 쓰잖아!
내 위로 올라타 붙들어 매며 리디야가 달콤한 목소리를 냈다.
“있지~.”
“무, 묵비권을 행사.”
“그런 건 한참 옛날에 폐지됐거든? 자, 말하다 만 게 뭐야?”
“……암흑 재판 반대.”
이 자세는 좋지 않다. 무척 좋지 않아. 아틀라의 교육에도 안 좋다.
어쩔 수 없지.
손을 뻗어 리디아의 볼을 만진다. 즉시 손을 겹쳐왔다.
살짝 몸을 일으켜 귓가에 속삭였다.
"너라면 뭘 달아도 잘 어울린다고, 그렇게 생각했을 뿐이야."
"……."
리디아는 새빨갛게 달아오르곤 딱딱하게 굳더니 내게 쓰러졌다.
"바보야. 에헤헤♪"
"! !! !!!"
아틀라가 스스로 부유 마법을 해제하고 침대 위로 떨어진다.
내 옆에 데굴 드러누워 달라붙곤 눈을 감았다. 아직 졸린 모양이다.
붉은 머리를 손으로 빗질하며 물었다.
"영상 보주가 있던데."
"내 거거든. 안에 뭐가 들었는지는 묵비권을 행사할 거야."
"너만 치사해! 그건 반칙 아냐?!"
"당연하지. 그야 난 주인님인걸♪"
평소처럼 대화를 나누던 중, 붉은 머리가 아무렇게나 잘려져 있는 것이 마음에 걸렸다.
"머리, 어서 정돈해야겠다. 그리고."
"사과하지 마!"
간발의 차도 두지 않고 외쳤다.

"……어제, 말했지? 이제 아무 데도 가지 마. 갈 거면 나도 데리고 가. 날…… 두 번 다시 혼자 두지 마. 그러면 용서해 줄게."

"혼자 있게 해주긴 할 거야?"

"안 해줄 거야. 나랑 네가 같이 있으면 무적인걸. 자, 영상 보주 이리 내. 그 안에는 네 귀여운 자는 얼굴이 담겨 있으니까♪"

"?! 먼저 깨서 내 셔츠를 뺏어가는 김에 찍었구나?! 비겁하게, 진짜!"

"바보 아냐? 몰랐어? 승자가 역사를 만드는 거야."

아침부터 둘이서 실없는 소릴 하며 장난을 친다. 일상이 돌아온 것 같아 기쁘다.

리디야도 같은 심정인지 즐거운 듯이 웃고 있었다.

무슨 일이 있어도 이 애와 함께라면 문제없다.

어려운 싸움을 계속하였으니 조금은 느긋하게 쉬어도 벌 받진 않겠지.

——오늘 정도는 물의 도시의 휴가를 즐기자.

*

"♪"

내 오른쪽에 앉은 아틀라가 맛있다는 듯이 볼이 미어지게 오믈렛을 먹고 있다.

시선은 우리보다 살짝 낮은 정도. 일부러 아이용 의자를 마련해준 모양이다.

아침 식사도 마찬가지다. 배려가 훌륭하다.

——『수룡의 관』 옥상 테라스에 오늘도 사람은 드문드문했다.

장년의 남성은 금세 나갔으며 그다음 찾아온 것은 어제 본 두 여성 손님뿐.

서빙을 맡은 직원도 한가해 보인다.

우리를 직접 안내해 준 파올로 씨의 얘기에 따르면 왕국과 화평 교섭이 난항 중이라 각국에서 찾아오는 관광객이 급감한 것과 후국 연합 북부의 혼란이 큰 영향을 미쳤다는 모양이다.

단골손님인 북부의 거상들이 묵으러 올 수가 없다나.

『다들 물의 도시에 올 때가 아니랍니다. 분쟁을 틈타 밀 같은 생필품을 쌓아두던 것이 들켜서 주요 상인분들은 매일 해명에 쫓기고 있지요. 그중에는 가게가 망한 분들도……. 관여하지 않았던 분들도 혼란을 수습하기 위해 각지에서 꼼짝도 못 하고 계십니다. 높으신 분들은 말할 필요도 없지요. 이거야 원…… 무시무시한 상대에게 싸움을 걸어버렸습니다.』

린스터 공작가에게 싸움을 건다라. 나라면 사양하고 싶다.

아틀라를 끼고 말없이 식사 중인 리디야 혼자만 해도 어쩔 도리가 없는데.

리사 씨와 안나 씨가 이끄는 메이드분들이 더해진다면…….

하지만…… 뭘까, 이 위화감은.

린스터라는 가문은 '무예'가 전부가 아니다.

힐끗힐끗 날 보고 『내! 응석! 받아달란! 말야!』 하고 요구하는 연붉은색 옷을 입은 공녀 전하 또한 경제전도 가능하겠지.

하지만 파올로 씨가 말한 내용—— '전쟁에서 한탕 벌려다 가게가 망했다'.

이상하게 마음에 걸린다.

방식에 너무 좀 자비심이 없는 것 같은데?

남도로 피난을 간, 남자를 불편해하는 직원 대표님의 모습이 문득 뇌리에 떠올랐다.

펠리시아가 병참 업무를 도우며 공적을 올리고 있다는 것은 리네에게서 들었다. 린 린스터 전 공작 전하 바로 밑에서 사샤 사익스 백작 아가씨와 함께 '후국 연합의 내부 분석 및 기타 공작'을 담당하고 있다는 것도.

——하지만 '북부 5개 후국에 대한 경제 압살책'은 아무리 그래도 권한이 너무 과하다.

안경을 끼고 가슴이 풍만하며 동물 귀를 달고 메이드복까지 입은 소녀가 책상을 마주하고 맹렬한 기세로 일하며 내게 큰소리치는 환상이 보인다.

『적측의 정보에다 금화가 충분하면—— 앨런 씨도 할 수 있으면서! 오히려 저보다도 훨씬 깔끔하고 심술궂게★』

진정하기 위해 홍차를 마시고 아래로 펼쳐진 옛 도읍을 바라보자, 활기가 흘러넘치고 있었다.

그중엔 외륜을 단 최신예 마도선까지 있다.

거리에는 노점이 늘어섰으며 사람들이 아침 식사와 신선한 해산물, 과일, 채소를 사고 있다.

전쟁 중이라곤 도저히 생각할 수 없는 일상 속 풍경이다.

어제 생각한 대로—— 전국은 불리하지만 후국 연합에는 여전히 여력이 있다는 건가.

나는 손수건을 들어 어린 소녀의 입가를 닦아주었다.

"아틀라, 다 묻었네?"

"♪"

"……."

기뻐하는 어린 소녀를 끼고 앉은 붉은 머리의 떼쟁이 아가씨가 날 흘겨봤다. 관심이 필요한 모양이다.

빵을 찢어 해산물 육수가 잘 우러난 수프에 찍은 뒤 내민다.

곧장 입으로 덥석.

"……."

말없이 또 입을 벌린다. 어미 새가 된 기분인걸.

아틀라가 고개를 갸웃거리더니—— 리디야를 따라 해 크게 입을 벌렸다.

두 여성 손님이 우릴 보고 미소 짓는 게 느껴졌다.

평소에 남들 앞에선 잘 안 하는데 말이지.

"이거 봐, 아틀라가 또 따라 하잖아."

"싫어. 응!"

거꾸로 구운 닭고기를 포크로 찍어 내밀어왔다.

받아먹으며 아틀라의 입에 빵을 쏙 집어넣는다.

조금 전부터 계속 반복하고 있다. 아틀라가 있는 만큼 평소보다는 낫나?

짝였다.

"……있잖아."

"응석은 더없이 충분히 받아주고 있거든요."

"부족하단 말야~!"

"홍차, 별로였어?"

"맛있었어…… 고마워."

고개를 젓고 리디야가 히쭉 웃는다.

나는 손을 뻗어 앞머리를 만졌다.

"이쪽에 있는 동안 내가 뭐라도 과자 만들어줄게."

"내가 좋아하는 거?"

"네가, 무척 좋아하는 거로."

"흐으~음…… 그럼 뭐, 용서해 줄게. 그래서? 오늘은 어디 갈 거야? 아, 이 카페 괜찮겠는데? 『바다를 가르는 고양이정』이래. 후후…… 이름이 이상해."

리디야는 만났을 때와 변함없는, 호기심이 가득 흘러넘치는 표정으로 웃었다.

"그럼 쉬는 건 거기서 쉬기로 하고, 나중에 세세한 건 스즈 씨한테 맡길까."

"응~." "♪"

미소녀와 어린 소녀가 내 의견에 동의했다.

——봉투와 편지지도 구해야겠는걸.

메모와 과제용 노트는 남겨두고 왔지만, 지금쯤 티나네도 걱정하고 있겠지.

소식을 알리지 않으면 행동력 있는 그 애들이니, 남도로 이동할지도 모른다.

그렇게 되면…… 물의 도시로 직접 쳐들어오기 전에 편지를 보내기로 하자.

*

곤돌라가 미끄러지듯이 좁은 수로를 나아간다.

양옆 주택으로부터는 꽃향기와 창문에서 새어 나오는 요리 냄새가 난다.

양산 아래, 리디야의 무릎 위에서 아틀라가 냄새를 맡고 있다.

둘 다 똑같이 천 모자를 쓰고 하얀 원피스를 입었다.

주변을 둘러보자, 베란다에는 수많은 화분이 놓여 있었다.

벽과 지붕도 다채로운 색으로 칠해놓아 가슴이 뛴다.

뒤에서 노를 젓던 수달족 소녀── 스즈 씨도 잔뜩 들뜬 모습으로 말을 걸어왔다.

"대운하는 물의 도시를 마치 뱀처럼 구불구불하게 남북으로 가로질러 편리하지만, 운항하는 배도 많거든요. 그래서 저희는 이렇게 숨겨진 수로를 이용해요! 좁고 생활하는 모습도 보여서 손님을 모시고 오진 않지만…… 이틀 연속 지명해 주실 줄은 몰랐어서, 특별히예요♪"

"감사합니다."

"감사는 제가 해야죠! 『수룡의 관』에서 지명을 받게 되면 다들 어어엄청 알아주게 되거든요. ……전 신참이라 깜짝 놀랐어요. 어제는 잠도 잘 못 잤다니까요. 오늘은 성심성의껏 안내해 드릴게요."

그렇게 말하며 스즈 씨는 훌륭하게 노를 저어 좁은 코너를 돌았다.

더그 씨가 봐도 분명 칭찬하시겠지.

동도의 수달 노인을 떠올리고 있는데 리디야가 입을 열었다.

"우리가 가고 싶은 곳은 기억하지?"

"네, 사모님! 먼저 대도서관이죠!"

파올로 씨의 지시를 받았는지 스즈 씨가 명랑하게 대답하자, 리디야가 몸을 살짝 떠는 것이 느껴졌다.

"'사모님'…… '사모님'…… 후후♪"

내숭을 떨고 있다는 게 당장에라도 들킬 것 같다.

수달족 소녀가 노래하듯이 설명을 이었다.

"대도서관에는 오랜 역사가 있어요. 언제 세워졌는진 모르지만, 중앙 섬의 '옛 성당' 다음으로 오래됐다고 배웠죠. 거듭된 전쟁으로 대륙에 있던 비슷한 시설은 소실됐고 지금은 그곳에만 남아 있는 귀중한 책이 잔뜩 있대요."

"기대되네요."

나는 싱글벙글했다. 물의 도시 도서관에는 꼭 한번 와보고 싶었다.

웅장하고 아름다우면서도 호사스럽다고 전해 들은 관내를 둘러보면 즐거울 것 같다.

리디야가 못을 박았다.

"다른 데 갈 곳도 있는 거 까먹은 거 아니지?"

"아, 알아."

책을 읽기 시작하면 그만 시간을 잊는 것이 내 안 좋은 버릇이다.

수로 끝이 보이기 시작했다.

"대도서관을 가장 먼저 고르신 손님은 드무세요. 다리도 뚫리지 않아서 물의 도시 주민들도 평소엔 잘 안 가는 곳이라……."

"그런 것 같네요."

아무렴—— 수장된 것이 고서, 희귀본, 마법서뿐이라고 들었다.

관심 없는 사람이라면 이 옛 도읍에는 더 가볼 만한 장소가 잔뜩 있으니까.

리디야가 끼어들었다.

"대도서관에 간 다음엔 『고양이 오솔길』을 돌고 『바다를 가르는 고양이정』에 가고 싶어."

"네! ……아, 그래도 『바다를 가르는 고양이정』이 있는 중앙섬은 민간 곤돌라를 댈 수 없어서 다리를 도보로 건너야 하는데요……."

"어어……."

나는 파올로 씨께 받은 지도를 펼쳤다.

대운하를 중심으로 각 곳에 현지의 이름을 덧붙여 적어놨다.

북쪽부터 순서대로 『용사의 섬』, 『대도서관』, 『일곱 용 광장』,

『고양이 오솔길』, 『옛 성당』, 『대의사당』, 『바다를 가르는 고양이정』, 『수룡의 관』 ……그 밖에도 많다. 보기만 해도 즐겁다.

리디야와 아틀라도 어깨 너머로 들여다보았다.

"대도서관은 대운하를 빠져나가 물의 도시 최북단 『용사의 섬』 바로 앞. 조금 남하해서 도시 자체와는 동떨어진 동쪽 작은 섬에 있는 게 『고양이 오솔길』이죠? 『바다를 가르는 고양이정』에 가려면…… 꽤 걸어야 하네요. 곤돌라를 댈 수 없는데 데려가 달라고 하는 건……."

"아뇨! 그게 제 일이니까요!!"

스즈 씨는 힘차게 고개를 저었다.

자기 일에 긍지를 가지는 점은 존경심이 들지만…….

고민하고 있자 리디야가 결단을 내렸다.

"좋아. 『고양이 오솔길』까지는 안내해주렴. 거기부턴 걸어서 갈게."

"네?! 그, 그래도, 사모님…… 대금도 많이 받은 편인데……."

"대신 네 할아버지가 운영하는 골동품점에서 덤으로 얹어줘. 괜찮지?"

"――그렇다고 하네요. 잘 부탁드립니다."

나는 리디야에게 전면 찬성이다. 이럴 때 즉시 판단을 내려 몇 번이나 도움을 받았는지.

돌아보고 천 모자를 붙잡고 있는 붉은 머리 공녀 전하에게 감사를 전했다.

"고마워." "――됐어, 딱히."

스즈 씨가 두 손을 맞잡았다.

"두 분은 정말로 잉꼬부부시네요. 좋겠다~……."

"아~……." "고생이 끊이질 않거든?"

내가 대답하기 전에 리디야가 태연하게 대답했다.

얼굴은 새침하지만 난 알 수 있다.

이 공녀 전하, 천 모자가 없었다면 앞머리가 삐죽 솟을 정도로 들떴다!

곤돌라가 좁은 수로를 빠져나갔다.

"와아아." "흐음." "!!!"

눈앞에 나타난 것은 작은 섬에 고즈넉하게 선 장엄한 석조 건물이었다.

다른 지구보다 토대가 한층 높게 만들어진 것은 파도 대비책이겠지.

왕도 서쪽 언덕의 대성당과 닮았고 벽 군데군데에는 덩굴이 자라났다.

선착장에 곤돌라는 몇 척밖에 없었다. 찾는 이가 없다는 건 진짜인 모양이다.

갑자기 바닷바람이 불어왔다.

"!" "어이쿠."

아틀라가 쓰고 있던 천 모자가 날아올랐다.

나는 순간 바람 마법을 발동시키려 했으나—— 앞서가던 예스러운 곤돌라 위에 있던 검은 드레스 차림의 여성이 손을 뻗어 잡아 주었다. 표정은 검은 모자에 가려져 보이지 않는다.

밀짚모자를 쓰고 있는 곤돌라꾼도 여성인 모양이다.
검은 드레스를 입은 여성은 날 향해 대도서관을 손가락으로 가리켰다.
긴 흑은발과 귀걸이가 빛을 반사했다.
나보다 훨씬 눈이 좋은 리디야가 "초승달 모양이네." 하고 중얼거렸고 스즈 씨는 "저런 곤돌라를 모는 아가씨가 물의 도시에 있었던가……?" 하고 의아해했다.
"감사합니다~."
큰 소리로 감사를 전하고 고개를 숙였다.
여성은 '신경 쓸 것 없다' 는 듯이 손을 흔들어주었다.
나는 시무룩해진 아틀라의 머리를 살포시 두드렸다.
"괜찮아. 도착하면 받자. 제대로 고맙다고 말해야 한다?"
"!"
어린 소녀는 크게 고개를 끄덕이고 웃었다.
――대도서관이 가까워진다.
바닷바람이 부는 가운데, 바닷새도 시원스럽게 날며 희고 검은 꽃잎이 수없이 흩날렸다.
나는 스즈 씨에게 물었다.
"섬 안에 꽃도 키우고 있나요?"
"앗, 아뇨. 꽃은 저쪽에서 오는 거예요."
수달족 소녀는 솜씨 좋게 곤돌라를 몰아 섬 쪽으로 다가가며 왼손으로 안쪽 섬을 가리켰다.
덩굴로 덮인 높은 벽돌 벽에 사방이 둘러싸여 안까진 보이지 않는다.
"『용사의 섬』…… 말이군요."
"네."
쾌활한 스즈 씨의 목소리에 진지함이 서렸다.

"200년 전 마왕 전쟁에 출정해 전사하신 분들의 무덤이 있어요. 아무도 살아선 안 되는…… 진혼과 기도를 위한 섬이죠."

*

아틀라의 모자를 잡아 준 여성은 대도서관 입구에서 기다려주었다.
거대한 문이 강렬한 존재감을 발했고 건물 자체도 흰 벽과 연주황색 기둥, 격자가 들어간 불투명한 유리가 아름다웠다. 그림책에서 튀어나온 것만 같다.
모자에 가려져 여성의 눈동자는 보이지 않았지만, 키가 크고 늘씬해 눈길을 끈다. 나보다도 크다.
곤돌라꾼은 근처에 없었다. 스즈 씨처럼 곤돌라에 남아 있는 것이겠지.
"죄송합니다, 덕분에 살았어요. 자, 아틀라."
나는 여성에게 말을 걸고 등 뒤로 숨은 어린 소녀를 재촉했다.
"……."
"제대로 고맙다고 말할 줄 아는 애가 난 좋더라."

리디야가 타이르자 부끄러워하면서도 아틀라가 여성에게 다가갔다.

그리고 살짝궁 고개를 숙였다.

여성의 입가에서 미소가 보였고 일부러 쪼그려 앉아 천 모자를 씌워주었다.

"안 떨어뜨려서 다행이구나."

부드러운 어른의 목소리. 장명종일지도 모른다. 나와 리디야도 고개를 숙였다.

일어선 여성의 귀걸이가 빛을 발했다. 리디야 말처럼 초승달 모양이다.

엿보이는 눈동자는 깊은 은색.

"희한한 애들을 데리고 있구나, 너. ――널 위해 하는 말이야. 어서 옛 도읍에서 나가렴. 지금은 전쟁 중이니 애를 데리고 이런 곳에 있으면 안 돼."

"예, 예에……." "……."

갑자기 나무라서 어안이 벙벙했다. 리디야는 팔짱을 끼고 아무 말도 하지 않았다.

"충고했어."

그렇게 말을 남기고 흑은색 머리카락을 나부끼며 여성이 대도서관 안으로 들어갔다.

나는 리디야와 얼굴을 마주 보았다.

"정체가 뭐 같아?"

"몰라. 그래도―― 아틀라와 이 애가 마법도 안 쓰고 들킬 것 같진 않아."

붉은 머리 공녀 전하는 오른손의 흰 장갑을 벗었다.

——대정령『염린(炎麟)』의 문장.

재야엔 여전히 가공할 강자가 있다, 그런 건가?

위험이 닥쳐왔다면 남도로 돌아가—— 리디야가 내 등을 밀었다.

"생각은 나중에 해. 해칠 것 같진 않았어. 스즈도 기다리고 있잖아!"

"후후. 정말."

"왜 그러는데~."

리디야가 수상쩍다는 듯이 날 바라보았다. 믿음직스럽다곤 일부러 말하지 않았다.

왼손을 뻗어 소녀의 손을 잡았다.

"자, 가자. 아틀라는 리디야랑 잡자?"

"! ♪"

"앗, 자, 잠깐만! ……어휴."

어린 소녀가 폴짝 뛰었고 리디야는 투덜거림을 흘리면서도 손가락을 얽어왔다.

자아—— 드디어 대도서관과 대면할 시간이다.

문을 지나자, 그곳은 꿈의 세계였다.

"우와아아아아아아……."

외관도 아름다웠지만, 안은 상상했던 것보다 더 아름답다.

3층 건물에 입구 부분은 아트리움 구조, 각 곳에 새긴 금니 세공은 훌륭하다는 말 말고는 표현할 길이 없다.

내 목적인 고서도 사방의 벽에 설치되어 천장까지 뻗은 책장에 빼곡히 꽂혀있었다.

흥분해 그 자리에서 뛰어오르려는 내게 리디야가 심술궂게 한 소리 했다.

“지금 너, 애들 같거든?”

“윽…… 어, 어쩔 수 없잖아. 와보고 싶었으니까.”

“그래 그래. 이름을 적어야 하나 봐. 나랑 아틀라 이름도 적고 와. 머무를 수 있는 시간은 그러고 나면 시작이니까.”

“끄윽…….”

평소에 내가 놀리던 걸 그대로 되돌려받고 말았다. 바, 방심했어…….

입구 근처 카운터 안에 있는 초로의 인간족 남성 사서에게 인사했다.

“실례합니다, 구경하고 싶은데요…….”

“잘 오셨습니다. 이쪽에 이름을. 관광객분이신가요? 이거 별일이군요…… 주민이 아닌 분께 대여는 불가능하니 양해해주시기 바랍니다.”

펜을 받아 파란색 표지의 노트에 이름을 적어 간다.

먼저 들어간 여성의 이름은 없었다. 다른 사람이 접수했나?

조금 이상하게 생각하면서도 사서에게 펜을 돌려주고 물어보았다.

"이렇게 훌륭한 도서관인데 관광객이 좀처럼 찾지 않는 건 아깝네요."

"그렇지만도 않답니다."

사서는 쓰게 웃으며 '귀를 이리로!' 하고 손짓을 보냈다.

"('귀중하고 위험한 물건은 모두 옛 성당 지하로 옮겼다' 고 이 일을 맡기 전에 아버지께 배웠죠. '봉인술을 잃은 지 오래' 라고도요. 목록은 존재하지만, 정말로 귀중한 물건은 이 섬 안에 없답니다. 그렇다 해도 흥미로운 책들이 무척 많지만요.)"

옛 성당은 그런 역할도 하고 있구나…….

"알려주셔서 감사합니다."

"일부러 찾아오신 외국 분께 드리는 답례입니다. 즐거운 시간 보내시기 바랍니다."

두 사람에게 돌아가자 리디야가 회중시계를 꺼내 들었다.

"연장 안 할 거다? 우린 1층을 보고 있을게."

"아, 알았다니까."

메모를 꺼내 사전에 조사한 도서관 수장품 목록을 확인했다.

1층, 2층에 있는 건 비교적 최근 서적. 이것들은 왕국에서도 읽을 수 있다.

내가 알아보고 싶은 건…… 리디야에게 전한다.

"관내에서도 오래된 책이 모여있는 3층에 갔다 올게. 무슨 일 있으면――."

"괜찮아. ……갔다가 빨리 와."

"응. 아틀라, 리디야를 잘 부탁해."

"! ♪" "끙."
어린 소녀가 기운차게 오른손을 들어 올린다.
붉은 머리 공녀 전하에게 조그마한 반격을 가하고 나는 서둘러 안쪽 나선 계단으로 향했다.

3층에 인기척은 거의 없었다.
가장 오래되었고, 그 덕에 난해한 서적이 모여있기 때문이리라.
바닥 같은 곳은 깔끔하게 청소해 놓았지만, 먼지와 보존 때문에 사용되는 약품 냄새가 났다.
"어디 보자…… 마왕 전쟁 전의 마법서랑 의학서는……."
현재 나는 알아봐야 할 것이 산더미처럼 쌓여있다.
그중에서도 급한 것이── 티나 안에 있는 대정령 『빙학(氷鶴)』, 리디야 안에 있는 대정령 『염린』을 해방할 방법과 스텔라의 속성 이상 해결이다.
스텔라에 관해선 용인족을 통해 전설의 화(花)룡에게 신탁을 부탁했지만…… 왕국 내 혼란이 수습되지 않았다. 서방 귀환은 시간이 걸리리라 생각하는 것이 좋으리라.
시험 제작한 억제 마법식은 남겨놓고 왔지만 대증 요법일 뿐. 어서 치료해 줘야 하는데…….
주르륵 늘어서 천장까지 닿는 책장의 숲을 한 걸음 한 걸음 확인하며 나아간다.
『남방 도서 제국기』, 『물의 도시 재생』, 『용, 악마, 흡혈귀』,

『만초약록(万草藥錄)』, 『용사의 쌍검』.

읽고 싶은 고서들뿐이다.

독서가인 티나라면 내 마음을 이해해 줄 것이다.

아아…… 왕국에 있던 대도서관이 마왕군의 기습 공격에 소실되지만 않았더라도!

개탄하며 다음 열로 걸음을 내디뎠다.

"응?"

책장 앞에서 까치발로 딛고 서서 필사적으로 책을 꺼내려는 조그마한 소년이 있었다.

나이는 티나네와 같거나 살짝 어린 정도일까.

연푸른색 머리카락에 피부는 창백하고 팔다리도 가늘다. 밖으로 나오는 마력도 미약하다.

하지만…… 무척 비슷한 마력을 나는 알고 있다.

감상에 젖어 있자, 소년의 손이 간신히 고서의 표지에 닿았다.

"으~음…… 으~음…… 조금만 더, 우와!"

"어이쿠."

쑥 뽑아내려다가 버티지 못하고 떨어질 뻔한 것을 뒤에서 받아주었다.

칠흑색 표지에 적힌 진한 주홍색 제목——**『마왕 전쟁의 숨겨진 역사 上』**.

굉장한 책인걸.

몇 페이지 넘겨 보니 내용이 옛 제국어다. 읽는 데 고생할 것 같다.

필자는 희미해져 읽을 수 없지만, 책의 외견을 보아하니 극히 적은 부수로 개인 출판된 물건인가.

책장에 하 권은 없다. 장서로 소장 중이 아닌 건지 누가 들고 간 건지.

어디, 서문은…….

『이것은 콜하트 백작가에 태어난 영웅 『초승달』, 그 진실을 다룬 이야기이다.』

'콜하트'?!

티나와 스텔라의 어머니인 로자 님의 옛 성이잖아?!

거기다 『초승달』은 그 이름—— '앨리시아' 만이 간신히 후세에 전해져 출생에 대한 건 불명이었을 텐데.

위조된 책이 아니라면…… 역사적 대발견이다.

내심 경악하며 지금 당장에라도 읽고 싶은 고서를 소년에게 건넸다.

"——자, 무거우니까 조심하세요."

"네? 아, 네, 네! 가, 감사합니다."

소년은 벙찐 뒤, 고서를 품에 안으며 깊숙이 고개를 숙였다.

가볍게 손을 젓고 웃었다.

"어려운 책을 읽으려 하는군요?"

"네, 네. 혀, 형이랑, 투나…… 저, 저기, 제가 신세를 지고 있는 아이도 자주 그런 말을 해요. 그래도 읽는 걸 좋아해서요."

"그거 다행입니다. 제 이름은 앨런. 물의 도시로 관광을 왔답니다. 마법서와 의학서를 찾고 있는데 위치를 몰라서…… 알고 있다면 가르쳐주지 않겠어요?"

"?! 그, 그 이름은……."

소년은 보석 같은 푸른 눈동자를 휘둥그레 뜨고 얼어붙었다.

……왜 저럴까?

어찌해야 하나 싶어 대답을 기다리고 있자――.

"응?" "! 무, 무슨 소리일까요? 쥐??"

책장 위를 무언가 이리저리 달리는 소리가 들려왔다.

고서의 천적이 쥐와 벌레인 건 사실이다.

하지만…… 나는 오른손을 휘둘러 물의 도시에 오는 동안 짰던 감지 마법을 조용히 발동시켰다.

걸린 '쥐'의 반응이 갑자기 사라졌다.

――아하, 그렇단 말이지.

아무리 리디야가 강하다지만 '린스터 공녀 전하'께 호위도 붙이지 않는다는 건 있을 수 없다.

호텔 방에서 희미하게 느꼈던 바닷새의 위화감도 아마.

"저, 저어……."

"아아, 미안해요."

나는 사과하고 회중시계를 꺼내 시간을 확인했다.

아버지가 만든 수호 부적이 심어진 뚜껑을 닫고 소년에게 사과했다.

"사람이 기다리고 있어서. 전 돌아가겠습니다. 어어……."

"니, 니콜로예요!"

"니콜로. 책에 손이 닿지 않으면 다른 사람에게 꺼내달라고 합시다. 도움을 받는 건 부끄러운 일이 아니거든요. 기회가 된다면 그 책에 대한 감상을 꼭 들려주세요."

"네, 네……."

나는 쑥스러워하는 듯한 소년의 어깨를 몇 번 두드리고 3층을 뒤로했다.

읽고 싶었는데. 물의 도시에 있는 동안 한 번 정도는 더 올 수 있을까?

『초승달』과 콜하트 백작가의 관계성—— 또 알아봐야 할 게 늘었구나.

"어머? 빨리 왔네." "♪"

1층으로 내려오자 리디야는 아틀라와 의자에 앉아 표지에 금으로 세공이 된 호화스러운 그림책을 읽고 있었다.

푸른 용과 깃털이 나무들로 이루어진 용이 지상으로 내려와 사람들에게 무언가를 나누어주고 있다.

물의 도시의 전설을 그린 모양이다.

"다녀왔어. 수확은—— 있었다면야 있었고 없었다면야 없었지."

"뭐야, 그게." "앨런, 용~."

리디야가 이상해하는 표정을 지었고 아틀라는 그림책을 가리켰다.

나는 마음이 평화로워져 어린 소녀의 머리를 이리저리 쓰다듬었다.

"냄새 좋아~♪"

"냄새?"

웃옷을 맡아본다. 특별히 달라진 건 없는 것 같은데?

붉은 머리 공녀 전하가 지적했다.

"기분 좋아 보이네?"

"그런가? ……그럴지도 모르겠다."

"——얼굴이 이상해."

리디야는 두 팔로 책상을 짚고 턱을 괴었다.

——이 또한 기이한 인연이라 해야 하겠지.

연푸른색 머리카락과 비슷한 마력. 전속 시중 담당이 붙을 정도로 높은 신분.

그리고…… '형'.

기분이 썩 괜찮다. 몇 년이 지나 다소나마 은혜를 갚을 수 있었으니까.

나는 두 사람에게 손을 뻗었다.

"자, 스즈 씨가 기다리고 있어. 가자, 『고양이 오솔길』로."

*

물의 도시는 왕국의 동도와 마찬가지로 수많은 수로를 거미줄처럼 둘러쳐 놓았다.

『고양이 오솔길』은 그런 동도중에서도 수인족 구시가지를 강하게 연상시키는 장소였다.

커다란 가게는 없고 소규모 가게들뿐이며 대부분을 나무로 지었다.

수로 위의 곤돌라와 작은 배 위에서도 거래가 오가며 활기가 가득 흘러넘친다.

수많은 수인과 물의 도시 주민들. 검은 머리에 살짝 어두운 피부를 가진 남방 도서 제국 사람. 왕도에선 보기 드문 연방인과 자유도시 상인.

여러 남방산 과일과 채소, 향신료. 처음 보는 해산물들.

보석과 마석 원석. 직접 짠 직물. 정체 모를 말린 약초.

이곳에 티나를 데리고 오면 다 돌아보는 데 며칠이 걸릴지…….

펠리시아였다면 곧장 교섭을 시작해 판로를 확보할 것 같다.

쿡쿡거리며 웃고 있자, 가게 앞에서 아름다운 천을 음미 중이던 리디야가 돌아보았다.

"뭐야~ 왜 웃어?"

"응~? 아무것도 아니야. 그 천, 살 거야?"

"수상해. 내가 아니라 얘 거야, 그치?"

"♪"

아틀라가 내게 연보라색 천을 펼쳐서 보여주었다.

반짝이는 눈동자. 마음에 든 모양이다.

"기다리셨죠♪ 할아버지, 이쪽이 앨런 씨랑 리디야 씨. 그리고 아틀라예요!"

가게 안에서 스즈 씨가 백발의 수달족 남성을 데리고 나왔다. 더그 씨와 무척 닮았다.

물의 도시에는 대륙 내에선 동도 다음으로 커다란 수인족 공동체가 존재하며 수달족은 그 대다수가 수운업과 교역에 종사하고 있다.

동도의 수달족이 곤돌라를 모는 건 바로 물의 도시에 있던 일족이 이민했기 때문이다.

도시의 근간을 쌓아 올린 게 수인이란 전설도 완전히 거짓은 아닐지 모르겠는데?

늙은 점주는 아틀라가 쓰고 있는 천을 보더니 곰방대를 물고 씨익 웃었다.

"물의 도시 수달족 총대인 지그다. 손님, 눈썰미가 좋은걸~? 그 녀석은 남방 도서 제국산 수제품이야. 스즈가 데려온 손님이니, 조금 깎아주마."

"감사합니다. 저도 겉으로 보기엔 이래도 늑대족이거든요."

"형씨가? 어딜 어떻게 봐도 인간족으로밖에…… 잠깐 기다려 봐라. 늑대족? 이름이 '앨런' 이라고 했던가?"

"? 네, 그런데요, 왜 그러시죠?" "할아버지?"

점주가 이마를 짚고 생각에 빠졌다.

"스즈. 4년 전에 동도에 갔을 때 기억 나느냐? 거, 입이 걸었던, 더그 녀석이 입이 마르도록 칭찬해 댔는데."

"더그 씨? ……왕국의 굉장한 학교에 갔다던?"

어라? 이야기의 방향이??

떨어져 있어도 일족 간의 연결고리는 끊어지지 않았단 건 더그 씨네에게서 들었지만…… 설마, 아니겠지~.

나는 현실 도피를 하려 했으나, "윽!" 리디야에게 왼팔을 구속당했다.

아틀라도 꼬리를 기분 좋게 흔들며 날 올려다본다.

"그래! 그 녀석이다!! 이름, 기억하냐??"

"이름? 음~…… 4년 전이라서~. 어어……."

"앨런♪"

"그거다!" "어라? 그, 그러면…… 혹시??"

"아틀라."

지그 씨와 스즈 씨가 입을 모았고 냉큼 밝혀버린 어린 소녀는 방긋방긋 웃었다.

수달 노인이 날 바라보았다.

"그러면, 일단── 확인하마. 네가 '그' 앨런이냐??"

"아~……." "맞아."

이번에는 리디야가 긍정했다. 바라보자 히죽거린다. 끄응.

점주가 호탕하게 웃었다. 수인족 가게에서 사람이 나와 이쪽을 살핀다.

"그래! 그랬군!! 그랬구만!!! 기다려 봐라. 색시한테 고이 쟁여놨던 보석 장식품 같은 걸 보여주마. 아무것도 안 해주면 더그네가 날 죽여버릴지도 모르니까!"

"새, 색시가." "부탁할게."

"오~냐!"

말릴 새도 없이 점주가 가게 안으로 들어갔다. 이, 이 행동력…… 틀림없는 더그 씨네 친척이다.

스즈 씨가 다시 내게 고개를 깊숙이 숙였다.

"죄, 죄송해요. 그래도, 흥분해서 저러는 걸 거예요. 왕국에서 오신 거죠……?"

"좀 사정이 있어서요…… 더그 씨, 데그 씨와는?"

"머나먼 친척이에요. 그래도 여전히 연락은 주고받거든요. 얼굴을 자주 보긴 힘들지만요. 사실 올해는 저희가 동도로 갈 예정이었어요."

나는 리디야에게 눈짓을 보냈다. 모르는척하며 들어본다.

"그렇게나 린스터와의 분쟁이 오래가고 있나요?"

"자세한 얘기는 잘 전해지지 않지만…… 저기."

스즈 씨가 귀에 입을 가까이 대더니 소리를 죽이고 알려주었다.

"이건 풍문인데요, 린스터는 전장에서만 강한 게 아니라 안경 낀 '악마' 같은 사람이 있어서 경제전을 걸어오고 있대요. 시간도 얼마 안 지났는데 북쪽에선 커다란 가게들이 몇 곳이나 망하는 바람에 큰 혼란이…… 왜 그러세요?"

"아, 아뇨, 아무것도, 아닙니다……."

아아…… 하늘이 푸르구나.

린 린스터 전 공작 전하는 제3차 남방 전쟁에서 두 후국을 병합하며 경제에 혼란을 일으켰을 뿐만 아니라—— 공작가의 힘을 증진시킨 내정의 달인이시다.

펠리시아의 능력을 깨닫고 흥이 오르신 걸 테지.

리디야는 시침을 뚝 뗀 얼굴로 천을 다시 음미하기 시작했다.

……알고 있었구나!

수로 위를 바닷새가 스치듯 날아가 상승했다. 크게 선회하더니 떠나간다.

살아있는 새에 비해 속도가 너무 빠르다.

뛰어난 실력을 지닌 마법사가 조종하는 마법 생물인가.

즉── 나는 속으로 결론을 내리며 스즈 씨를 다시 마주 보았다.

"더그 씨는 제게 있어서 할아버지나 다름없는 분이시죠. 여기서 만난 것도 무언가의 인연이니 내일 이후로도 물의 도시를 관광할 때는 잘 부탁드립니다."

이후 지그 씨가 가게 안쪽에서 수많은 보석 장식품을 들고 와주었다.

그중에서 내가 리디야에게 골라준 것은──.

*

"죄송합니다. 현재 만석인지라…… 합석하셔도 괜찮으실까요?"

대의사당 근처의 높은 언덕에 있는 오래된 카페, 『바다를 가르는 고양이정』은 혼잡했다.

복장을 보는 한, 손님은 물의 도시 주민이 대다수인 모양이다.

조금 전부터 연신 히죽거리며 지그 씨의 가게에서 산 목걸이를 바라보는 소녀와 아름다운 문양이 자수로 들어간 연보라색 두건을 쓰고 기분이 좋아진 어린 소녀에게 물었다.

"리디야, 아틀라, 합석해도 괜찮아?"

"난 상관없어…… 에헷." "♪"

반은 다른 데 정신이 팔린 두 사람도 허락했다. 나는 남성 점원에게 대답했다.

"합석해도 괜찮아요."

"감사합니다. 이쪽으로 오시죠."

안내를 받아 가게 안으로 들어갔다.

나무를 기조로 꾸민 내부는 모든 곳에서 연식이 느껴졌다. 장식품도 무엇 하나 저렴한 물건이 없다.

커피가 맛있다는 가게라 하니 기대된다.

"이쪽 자리로 안내해 드리겠습니다."

안내받은 곳은 창가 자리였다. 기둥에 가려졌고 다른 자리와 동떨어진 위치다.

다만, 커다란 창문으로 보이는 풍경이 예술이었다.

모자를 쓰고 신문을 읽고 있는 안경 낀 어르신에게 인사했다. 의자에는 낡은 지팡이가 기대어 세워져 있다.

"실례하겠습니다."

"——그래, 상관없네."

노인은 신문을 접고 우리를 향해 너그럽게 고개를 끄덕였다.

모자 옆으로 얼핏 보이는 흰머리는 연하늘색을 띠고 있다.

엄격함을 속에 품은 눈동자는 사려가 깊어 보인다.

나는 의자를 빼 목걸이를 소중히 집어넣은 리디야를 앉히고 그 옆에 앉았다.

아틀라는 앉지 않고 노인을 바라보고 있다.

테이블에 놓인 사탕이 신경 쓰이는 모양이다.

노인은 빙그레 웃더니 몇 개를 아틀라에게 주었다.

"! ♪"

꼬리를 크게 흔들며 아틀라가 치마 양 끝자락을 잡고 고개를 숙였다.

"뭘요, 귀여운 아가씨."

어린 소녀가 기쁜 듯이 웃더니 내 무릎 위로 기어 올라와 동물 귀와 꼬리를 살랑거렸다.

그 옆에서 리디야는 무슨 표정을 지으려다가.

"——에헷."

금세 표정이 풀어졌다. 생일에 한꺼번에 줄 걸 그랬나?

——커피 주문을 마치자 노인이 말을 걸었다.

"자네들은 보아하니 관광으로 왔나? 이런 정세에 별나구먼. 아아, 난 피를로라고 하네. 물의 도시에서 태어나 올해로…… 몇 살이었더라. 하하, 50 이후론 나이를 세지 않으려 해서 말이야."

"앨런입니다. 이쪽은 리디야. 이 애는 아틀라라고 해요."

여전히 "우후후~ ♪" 하고 얼이 빠진 떼쟁이 아가씨와 사탕에 푹 빠진 어린 소녀를 소개했다.

"그 나이에 이런 아름다운 부인과 귀여운 딸이 있다니…… 전생에 얼마나 덕을 쌓은 거냐고 좀 따지고 싶어지는구먼."

"아하, 아하하……."

부정해봤자 얘기가 꼬일 것 같아 웃어서 얼버무리고 창밖을 바라보았다.

무장한 병사를 태운 소형 군함이 대운하를 북상하는 것이 보였다.

걸린 깃발은——『검은 장미와 세검』. 남부 카니엔 후국의 문장이다.

피를로 씨가 말을 이었다.

"물의 도시는 어떤가? 물의 도시에서 자란 자로서 밖에서 온 자네들의 의견을 듣고 싶구먼."

"단적으로 말하면…… 인간에게도 아직은 희망이 있구나, 싶더군요."

"흠…… 나쁘지 않은 대답이야."

노인은 기쁜 듯이 얼굴을 폈다. 아틀라의 머리를 쓰다듬으며 솔직하게 감상을 늘어놓았다.

"타국보다 훨씬 수인에 대한 차별 의식이 옅더군요. 어제오늘, 이 애는 누구에게서도 불쾌한 취급을 받지 않았어요. 역사적 배경이 제대로 전해 내려온 덕이겠죠. 말하는 건 쉽지만 지속하는 건 어려우니까요——. 이곳을 다스리는 높으신 분들은 무척 훌륭하시다고 생각합니다. 제게 있어서, 이건 진심으로 칭찬하고 싶은 점이에요."

"그렇구먼."

노인은 눈웃음을 지으며 아틀라를 바라보았다. 그 시선은 오로지 자애롭다.

"기다리셨습니다."

남성 종업원이 커피를 들고 와주었다.

파올로 씨의 메모에 의하면 '물의 도시 최고의 한 잔' 이라고 한다. 기대된다.

아틀라는 얼음이 담긴 과일수 잔에 얼굴을 들이댔다 뗐다 하고 있다.

옆에 있는 리디야는——.

"응."

"아~ 그래 그래."

나는 몇 모금 마셨다. 풍부하고 깊은 향…… 훌륭하다.

악우의 잔에 살짝 우유를 넣는다.

그러자 자못 당연하다는 듯이 리디야가 내가 맛을 맞춘 커피를 마셨다.

노인이 살짝 놀란 표정을 짓고 있길래 변명했다.

"죄송합니다. 밖에서 마시는 커피랑 홍차를 좀 못 마시는 애라."

"그렇구먼—— 이 콩의 산지가 어딘지 짐작이 가나?"

왕도의 하늘색 지붕 카페에서 전에 마셨던 맛과 비슷하니…….

"남방 도서 제국인가요?"

"정답이야. ……이대로 가다간 다시는 마시지 못하게 될지도 모르지만."

"무슨 뜻인가요?"

노인의 목소리가 어두워진다.

"자네도 들어보긴 했겠지? 현재 우리 연합은 웨인라이트 왕국의 린스터 공작가와 분쟁 중일세. 전면 전쟁까진 가지 않았지만…… 린스터의 '힘'은 규합하지 못한 각 후국이 맞설 수 있는 것이 아니야. 나 같은 노인은 그 사실을 알고 있지. 무시무시한 마녀가 다루는 불 속성 극치 마법, 『화염조(火焔鳥)』도 과거에 직접 봤거든. 남방 도서 쪽 녀석들도 마찬가지일세. 그들은 린스터와도 오랫동안 교역을 하고 있지."

"저는 부외자라…… 강화하시면 되지 않나요? 높으신 분들께선 진작에 그렇게 생각하셨겠지만요. 무엇보다 벌이에 안 좋잖아요?"

후국 연합은 무역 국가다.

린스터와 계속 맞붙게 되면 육로든 해로든 안전하지 않다.

교역 국가는 평화가 담보되지 않으면 번영을 누릴 수 없다. 전쟁은 해 봤자 득이 없는 것이다.

노인은 크게 고개를 저었다.

"강화 조건이 정해지질 않아서…… 아~ 정해지질 않아서라는 모양이더군? 신문을 읽어보니 말일세."

"예에……."

고작 해 봤자 싸움을 걸어온 후국의 사죄와 주요 항구 몇 곳일 줄 알았는데…….

피를로 씨가 자세를 바로 세웠다.

"앨런이라 했던가? 자네라면 어쩔 텐가? 상대는 강대해. 게다가 교섭에 실패하면—— 물의 도시까지 불태워버릴지 모르지. 그러한 상대와 어떻게 교섭해야 하겠나?"

"……."

입을 다물고 리디야를 보았다. 『대답해도 되려나?』

붉은 머리 공녀 전하는 어깨를 으쓱였다. 『마음대로 해.』

나는 커피를 마시고 노인에게 대답했다.

"그럼, 사견입니다만—— 물의 도시 통령과 부통령이 즉시 행동하셔야 한다고 생각합니다."

"……구체적으로는?"

"거기까진 아직. 하지만 국내 여론이 혼란스러운 상황에서 강화 조건을 갖추고자 한계까지 버티는 것 자체가 후국 연합 본연의 자세를 생각했을 때 더더욱 상황을 난처하게 만들지 않을까요? 그렇다면—— 린스터와 교섭할 뜻과 더 이상 교전을 바라지 않는다는 점만이라도 서둘러 표명하는 게 좋다고 봅니다."

후국 연합은—— 북부 다섯 후작, 남부 여섯 후작, 그리고 물의 도시 통령과 부통령, 의원들이란 권력 구조를 이루고 있다.

통일된 견해를 내기 어려운 정치적 구조다.

『13인 위원회』라는 국가 최종 의사 결정 기관이 설치되어 있다지만…… 전시에는 그조차 늦다. 노인의 얼굴이 경직됐다.

"전장에서 린스터에게 이길 가능성이 있는 군대는 제가 아는 한, 대륙 전체를 뒤져봐도 셋밖에 없습니다. 『군신』 하워드, 아니면 대 마족전을 상정한 루브펠러. 그리고 마왕 직할군 뿐이죠. 이대로 전쟁이 길어지면 북부 5개 후국뿐만 아니라.”

나는 스푼을 멈췄다.

“걱정하시는 것처럼 남방 도서 제국까지 후국 연합을 내칠 가능성이 있어요. 동방 자유도시와 연방도 영토를 뺏을 기회라 생각할지 모르고요. 그렇게 되면── 대륙 남방이 휘말리는 커다란 전쟁이 벌어질 겁니다. 그건 장사를 해가는 데 있어서 최악의 사태가 아닐까요?”

“설마, 그런 일은…….”

“앞일은 알 수 없습니다. 왕국에서 내란이 일어날 거라고 누군들 상정했나요?”

“……그렇군. 역시, 자네는 소문대로──.”

노인이 말을 전부 마치기 전에 날카로운 질타가 귓전을 때렸다.

“피를로 님! 이곳에 계셨습니까! 서둘러 돌아가셔야 합니다!!”

초조함에 얼굴을 딱딱하게 굳힌 묘령의 여성이 모습을 드러냈다. 푸른 예복을 입었다.

그 뒤로는 호위처럼 보이는 사람들도 몇몇. 모두 상당한 실력자다.

노인은 깊게 모자를 고쳐 쓰더니 지팡이를 들었다.

“들키고 만 모양임세…… 무척 흥미로운 얘기였어. 고마우이. 자네가 생각하는 강화 조건의 구체적인 안이 정리되면 이 카페로 언제든지 괜찮으니 와주게나. 꼭 듣고 싶구먼. 그럼── 실례하지.”

계산서를 자연스럽게 집어 들곤 노인이 자리에서 일어났다. 사 주려는 모양이다.

조언 값이라 생각하면 타당한가?

붉은 머리 공녀 전하는 벌써 가방에서 은목걸이를 꺼내더니 헤벌쭉하고 있다.

——장식된 무늬는 『유성』과 『거목』.

지그 씨의 설명을 듣자 하니 마왕 전쟁 시대에 기념품으로 만들어진 걸작이라는 모양이다.

"리디야."

"응~?"

"방금 그 사람 말야."

"피를로 피사니. 물의 도시 통령이겠지."

"우연이 아니지?"

"응~."

안 되겠다. 정신이 다른 데 팔려있군.

턱을 괴고 방음 마법을 발동시킨다. 다른 질문 하나를 더 던진다.

"그리고—— 숨어있는 사람들을 소개해 주지 않을래?"

리디야의 움직임이 멎었다. 아틀라도 흉내 낸다.

목걸이를 테이블에 놓고 날 바라보았다.

"언제부터 눈치챘어?"

"의심한 건 오늘 아침, 마법 훈련할 때려나? 확신한 건 대도서관에서야."

물의 도시에는 수많은 바닷새가 서식한다.

하지만——.

"대도서관에는 쥐가 없지. 게다가 도중에 사라졌어. '이 너머에 무언가가 있다' 는 걸 알면 역탐지는 어렵지 않아. 인파 속에서 기척을 너무 지우는 것도 의외로 눈에 띄거든. 영상 보주도 들고 왔으면 더 빨리 썼을 거 아냐?"

"하아…… 그렇다는데? 실수했구나."

리디야는 어이없다는 얼굴로 말을 걸었다.

의자를 끄는 소리가 나며 젊은 여성 둘이 기둥 뒤에서 모습을 드러냈다.

챙이 넓은 모자를 쓰고 색이 다른 원피스를 입었다.

——『수룡의 관』에 줄곧 있던 그 여성들이다.

붉은 머리 공녀 전하는 아틀라를 챙기며 명령했다.

"인사해."

"네……." "네~에."

여성들이 각각 모자를 벗었다.

한 사람은 귀가 가려질 정도로 길고 검은 머리. 일부에 회색 깃털 같은 머리카락이 섞여 있는 새족 미녀.

무표정하지만, 눈동자에선 강한 긴장이 보인다.

다른 한 사람은 어깨까지 긴 유백색 머리카락에 '아이고 들켰네~.' 하는 표정으로 상황을 즐기고 있는 것처럼 보인다.

새족 여성이 깊숙이 고개를 숙였다.

"린스터 공작가 메이드대 제6석을 임명받은 사키라고 합니다.

성씨는 없습니다. ……숨어서 호위하게 된 점, 사죄드립니다."
"똑같이요~! 린스터 공작가 메이드대 제6석인 신디예요~. 저도 성씨가 없거든요. 고아원 출신이라☆"
신디 씨는 사키 씨와 정반대 성격인 모양이다.
리디야가 뒤를 이었다.
"제6석은 특례로 둘이 한 조야. 물의 도시에 상주 중이지."
"임무는 정보 수집과 네 호위려나?"
"아니야. '우리' 의 호위지. 당연히—— 얘들만 있는 건 아니야."
두 메이드 아가씨를 바라보자 깊게 고개를 끄덕였다.
……어쩐다.
린스터 공작가는 진심으로 날 '교섭 창구' 로 인식하고 있는 모양이다.
그리고…… 후국 연합 측도.
"♪"
내가 고민하고 있자 아틀라가 의자에서 내려와 사키 씨 곁으로 향했다.
조그만 두 손을 뻗더니.
"짹짹이~♪"
"어?" "사키, 안아줘! 앨런 님, 괜찮죠? 네?"
"부탁합니다."
사키 씨에게 권하자, 가공할 마법사의 편린을 보여준 새족 여성은 무릎을 굽히고 흠칫거리며 아틀라를 안았다.

“♪”

“저, 저기…….” “사키, 좋겠다~ 부러워어~!”

“친하게 지내 주세요. 리디야가 되지도 않는 억지를 쓰면 제게 상담하시고.”

“네? 아…….” “앗싸~!”

리디야는 커피를 비우고 날 노려보았다.

“뭐어? 넌 내 하인인데 그런 소릴 하는 게 허락된다고 생각해? 베고 나서 태워버린다?”

“──오늘 밤부터 방은 각방으로.”

수많은 불꽃 깃털이 맹렬한 기세로 흩날렸다.

““!”” “깃털~♪”

두 메이드 아가씨의 얼굴이 경직됐고 아틀라는 신이 났다.

나는 손가락을 튕겨 지워버리곤 주의를 주었다.

“어허! 가게에 불붙겠다.”

“네가 시킨 거잖아.”

““…….””

메이드 아가씨들은 얼굴을 마주 보더니, 몰래 얘기를 시작했다.

“(……소문대로군요.)” “(그, 그러게. 역시 보는 것만 못하네…….)”

좋은 얘기는 아닌 것 같다. 방음 마법을 발동.

커피를 전부 마시고 나는 별것 아닌 것처럼 리디야에게 제안했다.

"사탕값만큼은 일하려고 해. 괜찮을까?"

"괜찮지 않아? 마음대로 해."

"고마워."

"항상 있는 일이잖아—— 생일, 기대할게."

"선처할게. 사키 씨, 신디 씨."

""네!""

두 메이드 아가씨는 간발의 차도 두지 않고 대답해 주었다.

"정확한 전황을 알고 싶어요. 가능한 만큼만이라도 상관없습니다. 후국 연합 내부의 자료 입수를 부탁드릴 수 있을까요?"

"——알겠습니다." "——맡겨 주세요!"

"감사합니다."

어디 그럼—— 앨런 상회 직원 대표님의 솜씨를 구경해보도록 할까.

*

"그 정보가 사실이냐?! 피사니 통령과 니티 부통령 사이에서 합의가 이루어졌고 린스터와의 교섭이 진행되면 통령이 직접 남도로 가시겠다고?"

"예! 칼라일 님. 통령 저택과 부통령 저택을 감시하던 자로부터 들어온 정보입니다."

"……믿을 수가 없군. 수고했다. 계속해서 잘 부탁하마."

"실례하겠습니다."

부하를 물리고 나는 집무실 의자에서 일어나 방 안을 빙글빙글 돌았다.

물의 도시 중앙섬에 있는 카니엔 저택은 밤의 어둠에 감싸여 정적에 휩싸여있었다.

설마, 이렇게나 빨리 늙은이들이…… 뇌리에 불쾌한 표정을 짓고 있는 니티가 적자의 얼굴이 떠올랐다.

"니케 니티가 훈수를 뒀나! ……징글맞군!!"

독설을 쏟아내고 기밀 서류를 확인했다.

손녀딸을 물의 도시에 남기고 재빨리 자기 영지로 돌아간 론도이로 후작을 중심으로 한 강화파와 달리 여전히 반 강화파의 군 동원은 완료되지 않았다.

이대로 강화가 이루어지고 만다면…….

"후작과 폴론토 후작의 목숨을 앗아가겠지요. ……몸져누워 계신 사모님의 목숨도."

앞쪽 공간이 일그러지더니 테두리가 심홍색으로 물든, 순백색 후드 달린 로브 차림의 여성이 나타났다.

후작가의 결계 마법 따윈 성령교의 사도가 상대라면 무의미하단 거냐.

이어서 얼마 전까지 창구 역할을 하던 회색 로브를 입은 남자 —— 라가트도 나타났다.

"이디스 공, 이런 밤늦은 시간에 무슨 일이신지?"

"린스터와의 강화를 성녀님은 바라고 계시지 않습니다."

나는 가공할 사도를 노려보았다.

“어쩌란 거지? 지금 일을 벌여봤자 진압당하고 끝이다! 강화파는 『관통』 론도이로를 필두로 삼은 백전 연마의 맹자들뿐이란 말이다. 우리더러 죽으라는 것이냐?!”

“성녀님은 무척 자비 깊으신 분. 당신께서 의무를── 니티에 태어난 『제물』만 확보해 주신다면, 반드시 그 마음에 보답해 주실 겁니다.”

사도는 입가를 일그러뜨리며 그저 오로지 웃고 있다.

──알고 있다.

내게 선택의 여지 따윈 없다. 이미 진작에 주사위를 던졌다.

하지만…… 준비가 부족한 상태로 일을 벌이면 패배할 가능성이 높아진다.

난 아직 죽을 순 없다. 적어도 목적을 완수할 때까진. 사도들에게 물었다.

“계획을 앞당기라고…… 그렇게 말하는 거라면 무언가 지원을 받을 수 있는 것이겠지?”

“물론이지요. 당신은 운이 좋으십니다.”

“? 대체 무슨──.”

“그쪽이 소문으로 듣던 매국노 씨야?”

“!”

돌아보자, 검은 모자를 쓰고 칠흑색 드레스를 입은 미녀가 의자에 앉아 있었다.

피처럼 소름 끼치는 긴 흑은색 머리카락. 손에는 두꺼운 고서를 들었다. 책 이름은── 읽을 수 없다.

어떻게 방 안에?

뒤에 선 것은 후드 쓴 회색 로브 차림의 여자. 커다란 외날 흑검을 들었다.

창으로 달빛이 쏟아져 들어오고 사도들이 한쪽 무릎을 꿇는 가운데, 나는 멍하니 자리에서 일어섰다.

정녕…… 사람인가?

미녀의 차가운 은색 눈동자가 날 꿰뚫고 초승달 모양의 귀걸이가 둔탁하게 빛났다.

긴 이빨이 번뜩이는 입가, 큰소리를 친다.

"──성녀의 계획은 절대야. 방해하는 자는 내가 모두 베어 죽이면 그만이지. 자아…… 언제나, 어느 시대에서나, 어디에서나 굴러다니는 흔해 빠진 참극을 시작하자꾸나."

제3장

“왕국에서 돌아온 각 군의 남방 전선 재배치를 서둘러라!”

“후국 내부의 다리와 보강도 필요해…… 이 시기 날씨는 어떻지?”

“두 후국 수도의 포위가 길어지면, 필요한 병참 물자의 양은 ——.”

“신입, 알았나? 이 자리에서 펠리시아 님의 지시는 무엇보다 우선한다. 기억하도록!”

왕국 남도. 린스터 공작가 저택 안 대회의실에 설치된 본진은 오늘도 전쟁터였다.

남방의 각 가문 병참 사관 분들과 참모분들이 소리를 지르며 울고 책상에 엎어졌으며…… 그러는 사이에도 린스터 공작가 메이드 분들이 서류를 집무 책상으로 척척 나누어주었다.

왕도를 탈출해 이 자리에서 일하게 된 지 약 한 달. 수없이 보았던 광경이다.

시간은 이미 밤이지만, 이 자리에 ‘밤낮’의 개념은 없었다.

힘을 합쳐 ‘만 단위 군대의 병참을 유지한다’는 어렵기 그지

없는 업무에 임하고 있다.

가능하다면 '님' 자는 붙이지 말아줬으면 좋겠는데…… 나도 열심히 해야지!

의욕을 불어넣고 산더미 같은 서류에 덤벼들려 했으나——.

"펠리시아 아가씨, 저녁 식사 시간입니다."

소리도 없이 나타나 내 펜을 채간 것은 흑갈색 머리카락에 살짝 갈색 피부를 가진, 늘씬한 미인 메이드 아가씨—— 린스터 공작가 메이드대 제4석인 엠마 씨였다.

"저녁을 드신 다음엔 목욕을 하시고 방에서 푹 쉬어 주시기 바랍니다."

내게 군모를 씌워준 것은 귀까지 블론드색 머리카락이 내려오며 엠마 씨보다 키가 작고 안경을 낀 메이드 아가씨—— 하워드 공작가 메이드대 제4석인 샐리 워커 씨였다.

두 분 다 전장에선 짐만 될 뿐인 날 남도까지 도망치게 해준 커다란 은인이다.

다만 애지중지하는 게 살짝 지나치다.

나는 지금 의욕이 엄청나게 철철 넘치는데!

"엠마 씨, 샐리 씨, 감사합니다. 그래도…… 저녁 식사는 오늘 밤도 여기서 먹을게요. 다들 무척 열심히 일하시는데 저만 쉴 순 없어요. 사샤 씨도 최전선 근처로 가셨고."

낯선 군복의 무게를 느끼며 미인 메이드 아가씨들에게 호소했다.

사샤 사익스 백작 아가씨는 며칠 전까지 나와 함께 일을 하고 있던── 이른바 전우다.

『후국 연합의 마법 암호 해독에 관해 아버지와 상담하고 싶은 게 있어서요!』

하고는 본진을 지휘하시는 전 린스터 공작인 린 님께 직접 부탁해 현재는 전선과 그리 멀지 않은 아틀라스 후국 안으로 향하셨다.

모두 자신이 해야 할 일과 진지하게 마주하며 노력을 거듭하고 있다.

그렇다면, 나도!

이건 앨런 씨가 남도로 오실 테니 열심히 하는 모습을 보여드려야지! 하는 그런 간사한 생각 때문이 아니다.

따, 딱히 칭찬받고 싶다거나 그런 것도 아니다. ……아니라면 아닌 것이다.

엠마 씨와 샐리 씨는 얼굴을 마주 보고 소곤소곤 얘기하기 시작했다.

"(기운이 팔팔하시니 기쁘지만…… 좀 난처하군요.)"

"(앨런 님과 리디야 린스터 공녀 전하께서 왕도에서 탈출하신 게 7일 전이라 들었습니다. 슬슬 도착하시는 것 아닌가요?)"

"(……여기선 앨런 님께 설교를 부탁드릴까요? 허둥거리시는 펠리시아 아가씨도 귀여우시니.)"

"(전면적으로 동의합니다.)"

나는 두 사람을 흘겨봤다.

"엠마 씨? 샐리 씨? 이번엔 무슨 계략을 꾸미고 계신 거예요?"
"계략이라뇨, 설마요!" "저희는 펠리시아 아가씨 편이옵지요."
"수상해요."
미인 메이드 아가씨들에게 더더욱 따지려 들던—— 그때였다.
본진의 문이 열리며 사람 몇 명이 뛰어 들어왔다. 이곳저곳이 술렁인다.
우리에게 한 소녀가 숨을 헐떡이며 달려왔다.
양 갈래로 묶은 갈색 머리와 월신교라는 종교의 인장이 가슴께에서 흔들린다.
수습 메이드인 시더 스테인튼 씨다.
"하아 하아 하아……."
"괘, 괜찮으세요?"
황급히 유리 주전자로 잔에 차가운 물을 따라 건네자, 소녀는 단숨에 잔을 비웠다.
"가, 감사합니다. 펠리시아 아가씨. 보고드리겠습니다. 조금 전——."
시더 씨가 말을 마치기 전에 몇 명의 소녀들도 방으로 들어왔다.
"!"
나는 너무 깜짝 놀라 의자를 쓰러뜨리며 자리에서 일어나고 말았다.

집단의 선두에 서서 걸어온 것은 백금색의 긴 연푸른 머리카락을 파란색 리본으로 묶고 허리엔 세검과 완드를 찬 군복 차림의 미소녀.

그리고 꽃 달린 군모를 쓰고 왕립 학교의 교복을 입고는 단검을 찬 늑대족 소녀.

나는 큰 목소리로 이름을 불렀다.

"스텔라! 카렌!"

""? 펠리시아!""

나는 발이 엉키면서도 두 사람에게 달려갔다.

긴 치마를 입기도 해서 달리기 불편해!

어떻게든 도착해── 나는 절친들의 가슴에 뛰어들었다.

"꿈은, 아니지? 둘 다, 괜찮아? 다친 데는? 다친 덴 없지?"

목소리가 떨리며 안경이 눈물에 젖는다.

편지로 무사하단 소식은 들었지만…… 계속, 계속 불안했기 때문이다.

전보다 훨씬 어른스러워지고 아름다워진 스텔라가 내 눈가의 눈물을 가느다란 손가락으로 훔쳤다.

"엄청 오랜만에 보는 것 같아…… 펠리시아, 무사해서 다행이다."

친구의 눈동자에도 커다란 눈물방울이 보인다.

카렌이 다정한 얼굴로 허리에 찬 단검의 검집을 만졌다. 이 아이도 분위기가 조금 바뀌었다.

"많이 활약하고 있나 봐. 단검, 고마워."

"응. 도움이 됐다면 열심히 찾은 보람이 있네."

늑대족 소녀는 단검의 검집을 두드렸고 나는 커다랗게 고개를 끄덕였다.

우리 뒤쪽에는 앞머리에 머리핀을 달고 파란색 리본이 묶인 스태프를 든 스텔라의 여동생, 티나 씨와 하워드 공작가의 메이드 복을 입은 엘리 워커 씨가 있었다.

군복을 입은 리네 린스터 씨가 수습 메이드 소녀를 소개했다.

"어흠—— 티나, 엘리, 소개할게요. 이 애가 시더예요."

"시, 시더 스테인튼입니다. 아, 아까는 인사도 못 드려서 죄송합니다."

"당신이 시더 씨군요. 리네가 자주 칭찬했어요!"

"네? 네에?"

시더 씨가 당황하더니 리네 씨를 바라보았다.

붉은 머리 공녀 전하는 팔짱을 끼고 연푸른색 머리카락의 공녀 전하를 물고 늘어졌다.

"티나. 밑도 끝도 없는 소리를——."

"에이~ 뭐 어때서 그래요~? 시더 씨가 슬퍼하잖아요~."

"큭! 하, 하여간에 수석님은!"

"저기 저기, 엘리 워커예요. 티나 아가씨의 전속 메이드를 맡고 있어요. 친하게 지내 주세요."

"워, 워커가의 아가씨…… 흐아아…… 워, 월신님, 저, 전, 어떻게 해야아아."

본진에 근무 중인 분들의 얼굴이 피며 찌릿거리던 분위기가 누그러졌다.

나도 스텔라, 카렌과 웃음을 나누었다.

다행이야, 정말로 다행이야……!

뒤에선 미인 메이드 아가씨도 습격을 받고 있었다.

"엠마~♪ 지금 돌아왔답니다~☆"

"릴리, 귀찮게 굴지 말아요. 그 팔찌는 어쩐 거예요?"

싫어하는 엠마 씨를 껴안은 건 길고 아름다운 붉은 머리에 메이드면서 메이드 복을 입지 않은 제3석 릴리 씨였다.

왼손목에는 남도를 떠날 땐 없었던 은팔찌가 빛나고 있다.

"이잉~ 그게 먼저예요오? 엠마는 저 같은 건 걱정도 안 했군요……."

릴리 씨가 퉁명스레 대답한 뒤 목소리를 낮추고 고개를 떨궜다.

냉정 침착한 엠마 씨가 당황한다.

"그, 그런 건 아닌데…… 아무튼, 무사해서 다행이네요. 어서 와요—— 샐리 씨, 손에 든 그 영상 보주 당장 집어넣어요!"

"네? 싫은데요. 부끄러워하니 귀엽네요. 엠마 씨도."

"네에?!"

"우후후~? 엠마, 너~무 좋아요."

연기를 멈추고 릴리 씨는 다시 엠마 씨를 세게 고쳐 안았다.

——한 차례 인사를 마치고 나는 친구들에게 질문을 던졌다.

"다들 남도에는 왜 왔어? 앨런 씨랑 리디야 씨는 같이 아니야?? 왕도에서 다툼이 벌어져서 탈출하셨다고 들었는데…….”

그러자 친구들의 표정에 우려와 초조감이 서렸다.

“역시 앨런 님은 남도로 오시지 않았구나.”

“리디야 씨. 설마…… 진짜로, 오빠랑.”

“???”

나는 영문을 몰라 티나 씨 일행을 바라보았다.

“어, 어어, 저기……?”

“선생님은 펠리시아 씨도 말한 것처럼 리디야 씨랑 함께 왕도에서 남쪽으로 날아가셨다나 봐요.”

“그, 그래서, 남도로 도망치신 줄, 알았는데…….”

“그랬는데 이쪽으로 오시지 않았단 건…… 농담이 아니라 진짜 물의 도시일지도 몰라요.”

“그, 그럴 수가…….”

주저앉을 뻔하자, 엠마 씨와 샐리 씨가 익숙한 동작으로 의자를 설치하고 남방 도서 제국산 부채로 부쳐주었다.

앨런 씨, ‘남도로 가겠습니다’ 라고, 편지에는 써주셨으면서. 으으.

“먼저 정보를 모으도록 하죠. 그건 그렇고――.”

리네 씨가 고개를 살짝 갸웃거리며 화제를 바꿨다.

“펠리시아 씨, 그 군복은 대체?”

“! 저, 저기…….”

나는 횡설수설하며 엠마 씨와 샐리 씨에게 눈으로 신호를 보냈다. 도와주세요!

하지만…… 미인 메이드 아가씨들은 짐짓 모른 체. 으으~.

티나 씨와 엘리 씨가 뒤를 이어 감상을 말해주었다.

"멋있어요!" "애, 앨런 선생님 옷과 배색이 비슷한 것 같아요."

"그, 그렇진…… 않은 것, 같은데요……."

부끄러워져, 꼼지락꼼지락.

지금 내가 입고 있는 건 린스터 공작가의 군복을 토대로 만들어 달라고 특별히 부탁한 물건이다.

리네 씨도 착용하고 있는 붉은색 군복을 검은색과 흰색으로 고치고 치마 길이도 늘여달라고 부탁했다. 군모도 마찬가지 배색이다.

"엠마, 우리가 왕도로 진군한 뒤로 무슨 일이 있었던 거야?"

"샐리? 너도 엮여있니?"

리네 씨와 스텔라가 메이드 아가씨들의 이름을 불렀다.

그 와중, 릴리 씨는 엠마 씨를 풀어주고는 "우후후~♪" "햐윽!" 시더 씨를 덮치고 있다.

미인 메이드 아가씨 두 분은 자세를 바로 하고 생글거리며 대답했다.

"큰 주인 어르신과 큰 사모님의 지시옵지요. '지위에 걸맞은 복장을.' 이라고 하셨습니다."

"펠리시아 아가씨는 후국 연합과 전쟁이 시작된 이래로 본진에서 막대한 공헌을 하셨습니다. 지극히 마땅한 명령이지 싶습니다."

“““““…….”””””

스텔라네가 얼굴을 마주 보더니―― 날 바라보았다.

“펠리시아. 너…… 뭘 하고 있는 거니?”

“편지에는 ‘병참 업무를 돕고 있다’ 고밖에 안 써놨었지? 리네한테서도 얘기는 들었는데, ‘직책에 걸맞은 복장’ 이라니 무슨 뜻이야?”

“저, 저기, 그게…….”

수치심이 치솟아 도망치고 싶어진다.

어휴! 이, 이것도 먼저 앨런 님이 남도로 와주시질 않아서라구요!

그랬으면 바로 메이드 복……이 아니라! 평소에 입는 옷으로 돌아갈 생각이었는데!!

이 자리에 없는 회장님께 속으로 투덜거리고 있는데 인자한 목소리가 들려왔다.

“그것은 나도 설명을 해주도록 하마.”

『!』

――본진 분위기에 단숨에 긴장이 달리며 스텔라네도 자세를 바로 했다.

들어오신 건 키가 크고 야윈 노신사.

붉은 곱슬머리엔 백발이 섞였고 군복이 아니라 예복을 입고 있으시다.

앉아 있던 나도 엠마 씨와 샐리 씨의 부축을 받고 일어나 인사했다.

노신사가 왼손을 살짝 들어 올리셨다.

"괜찮아, 편하게 있거라. 우선 이름을 대야겠구나. 린 린스터다. 이전엔 일단 공작을 맡고 있었지. 사위와 딸이 부탁해 이번 전쟁에서 본진을 맡고 있단다. 뭘, 그냥 앉아 있기만 하면 되는 편한 자리야."

린 님은 그렇게 말씀하셨지만, 한 달 동안 이 자리에서 계속 싸워온 우리는 알고 있다.

그야말로 이분이 있으시기에── 남방 전선의 병참이 유지되고 있다는 것을.

스텔라가 모두를 대표해 늠름하게 인사했다.

"──처음 뵙겠습니다. 하워드가의 장녀, 스텔라라고 합니다. 이 애들은 여동생인 티나, 워커가의 후계자 엘리 그리고 친구인 카렌입니다."

숨이 멎을 듯한 세련된 동작.

스텔라는 전부터 아름다웠지만…… 몰라보겠다. 전쟁 중 무슨 일이 있었던 걸까?

"티, 티나 하워드입니다." "에, 엘리 워커입니다."

티나네도 살짝 긴장하며 린 님께 인사했다.

전 공작 전하는 그야말로 호호 할아버지 같은 얼굴이 되어 고개를 끄덕이셨다.

"다음 세대의 재능 있는 아가씨들을 만나게 되어 영광이구나. 리네와도 앞으로 친하게 지내 주렴."

""네!"" "하, 할아버지! 그, 그런 말씀은 안 하셔도 된다구요…….”

리네 씨가 얼굴을 붉히자, 실내에 웃음소리가 흘러넘쳤다.

그런 손녀딸에게 자애로운 시선을 향하신 뒤, 린 님은 늑대족 소녀에게 물으셨다.

“네가 카렌 양이니?”

“네, 네.”

꽃 달린 군모를 벗고 내 절친이 똑바로 눈동자를 바라보며 말했다.

“——늑대족, 나단과 엘린의 딸, 카렌이라고 합니다.”

갑자기 린 님은 말 그대로 환히 웃으셨다.

“오오, 역시 그랬구나! 직접 만나서 얘기해 보고 싶었단다. 네 부모님과 오빠에겐 우리 딸과 손주들이 신세만 지고 있거든…… 리디야도 널 무척 칭찬했단다. 이야, 잘 와주었어! 환영하마!!”

“리디야 씨가? 절……?”

카렌은 놀라 눈을 휘둥그레 떴다. 꼬리가 살랑살랑 좌우로 흔들린다.

그제야 시더 씨를 해방한 릴리 씨가 뒤에서 리네 씨를 끌어안았다.

수습 메이드 소녀는 “워, 월신님, 제가 잘못을 저지르고 말았어요…….” 하고 혼란에 빠졌다.

“! 리, 릴리?!”

“우후후~♪”

사촌 언니에 해당하는 메이드 아가씨에게 어이없다는 듯이 대답하며 붉은 머리 공녀 전하가 진지한 표정을 지었다.

"어휴…… 할아버지, 최신 전황은 어떻게 돼가고 있나요? 저희는 왕도를 우회해 와서 요 3일간은 정보를 듣지 못했어요."

"대세에 변화는 없단다. 피곤하지? 앉아서 얘기하자꾸나. 엠마."

"네, 큰 주인 어르신."

린 님의 지시를 받은 엠마 씨가 메이드 분들께 지시를 내리셨다.

곧장 의자와 소파가 설치된다.

내 양옆으로는 스텔라와 카렌이, 또 다른 소파 하나에는 티나 씨 일행이 앉았다.

의자에 앉으신 린 님이 담담히 지금의 전황을 알려주셨다.

"여러 전투에서 승리한 이후, 우리 군은 아틀라스, 베이젤 두 후국 수도를 포위. 현재는 왕도에 돌아온 공작군 주력도 순차적으로 전개 중이란다. 최전선에서 지휘를 맡은 것은 나의 처, 『비천(緋天)』 린지. 총지휘는 현 공작인 리암. 첩보를 맡은 사익스 백작과 사샤 양도 최전선 근처에 있지. 그리폰 부대는 북부의 가도, 다리, 항만을 공중에서 계속 공격 중이야. 적은 결사항전하겠다며 버티고 있지만…… 사기는 낮단다. 순수하게 큰 전투만 벌인다면 질 일은 없을 게다."

나는 군사에 대한 건 잘 모른다.

아는 것은…… 주머니에 넣어 둔 후국 연합의 금화를 꺼냈다.

——앞쪽에는 '대운하'. 뒤에는 '꽃과 수룡'.

이 전쟁, 상대에게 있어선 적자도 그냥 적자가 아닐 텐데. 항복해 주진 않으려나?

린 님이 말을 이으셨다.

"펠리시아 양의 책략 덕에 베이젤, 아틀라스의 밀 시세에 대규모 개입도 하고 있거든. 베이젤은 전쟁 전보다 다소 오른 정도지만, 아틀라스의 시세는 슬금슬금 최고가를 갱신 중이지. 또 북부 거상 중 일부가 밀을 쟁여놓았었는데…… 그 정보도 북부 5개 후국 내부에 뿌렸단다. 결과 두 후국 사이의 관계뿐만 아니라 북부 5개 후국 간의 관계도 악화됐고 아틀라스에선 수많은 망명자도 속출하기 시작했지."

""""……."""" "그 계획을 진짜로 전부 실행했군요."

스텔라네가 입을 떡하니 벌렸고 리네 씨는 반쯤 어이없어했다.

나는 금화를 손가락으로 만지작거렸다.

그, 그치만…… 설마 얘기한 걸 전부 채용해 주실 줄은 몰랐는걸.

"다시 질문드려도 될까요?"

티나 씨가 손을 들었다. 이다음 무엇을 물어볼지 예상이 간다.

"펠리시아 씨는 무슨 직책을 맡고 계신 거예요? 선생님의 전시 권한을 부여받았다는 얘기는 리네한테 들었는데……."

"티, 티나 씨, 오, 오랜 여행길이라 피곤하지 않으세요? 쉬시는 게, 읏."

"——펠리시아." "잠깐 조용히 있어."

친구 두 사람에게 입가를 틀어막히고 말았다.

읍~! 으읍~!! 으으읍~!!!

린 님은 빙그레 미소 지으며 고개를 끄덕이고 이름을 부르셨다.

"——엠마, 샐리 양."

"네, 큰 주인 어르신." "맡겨 주시기 바랍니다."

미인 메이드 아가씨들이 우아하게 인사한다.

내 양어깨에 손을 올리곤 자랑스럽다는 듯이 스텔라네를 향해 내 직책을 설명했다.

"현재—— 펠리시아 아가씨께선 큰 주인 어르신께서 직접 지명을 내리셔서 '남방 전선 병참 총감 대리' 를 맡고 계십니다."

"군복 착용은 린지 린스터 님께서 직접 명령을 내리셨습니다. '모두에게 펠리시아가 얼마나 굉장한지 알게 해야지!' 라고 하셨습니다."

"""""!""""" "앗, 역시나~. 큰 사모님은 그런 걸 참 좋아하시거든요오~."

"그, 그게, 저기………."

스텔라네가 놀라 손을 놓았고 릴리 씨는 태평하게 납득하셨다.

미인 메이드 아가씨들은 거동이 수상쩍어진 날 보고 기쁜 듯이 말을 이었다.

"며칠 전까진 싫다 하시며…… 줄곧 메이드 복을 입고 계셨지만, 앨런 님의 왕도 탈출 소식을 들으신 이후론 적극적으로 군복을 입으셨죠."

" '앨런 씨한테 단단히 설교하기 위해서예요!' 라고 하셨습니다."

“엠마 씨?! 샐리 씨?! 두, 두 분이, 머, 먼저 군복 차림을 보이고, 나중에 메이드 복을 보이는 게 효과적이라고…… 아.”

나는 두 손으로 입을 감쌌다.

“““““……”””””

모두의 시선이 꽂히고 두 팔이 친구들에 의해 구속당한다.

“히익! 스, 스텔라? 카, 카렌?”

“펠리시아.” “자세히 들려줄래?”

티나 씨와 리네 씨는 심각해 보이는 표정을 짓고 얘기하고 있다.

“(선생님이 엘리한테 약한 건……?)” “(가능성은 있어요.)” “(아으 아으…….)”

조금 전부터 가장 편하게 있던 릴리 씨는 몸을 파들파들 떨고 있다.

“메이드 복…… 메이드 복? ……메이드 보오오옥~?!!!”

불타는 꽃이 흩날리며 엠마 씨와 샐리 씨의 내화 결계에 부딪히곤 사라진다.

나는 변명을 생각하려다가,

“저, 저기…… 따, 딱히 앨런 씨랑은 상관없는 거라…… 저기, 그게…… 끄응.”

““펠리시아?!””

현기증이 일고 말았다. 스텔라와 카렌이 걱정스러운 목소리를 냈다.

린 님이 쓰게 웃으시는 것이 들려왔다.

“다들 오랜 여행길이라 피곤하지? 오늘은 푹 쉬려무나. 유능한 병참 총감 대리님도 말이야. 앨런과 리디야의 행방은 내 쪽에서도 알아보마.”

*

“그, 그러니까 아니래도! 나, 난 직책을 받을 생각 같은 건 없었고 군복도…… 근데, 린 님과 린지 님이 말씀하셔서 할 수 없이…….”

“그래 그래. 다 알아.”

“으으…… 스텔라는 심술쟁이야. 그런 점까지 앨런 씨를 닮을 필요 없는데…….”

목제 의자에 앉아 내 빗질에 긴 머리카락을 맡긴 보라색 잠옷 차림의 펠리시아가 어린아이처럼 토라졌다.

이 애가 현기증을 일으킨 뒤, 우리는 저녁을 먹고 다 함께 목욕탕으로 향했다.

개운하게 씻은 뒤, 준비해 준 넓은 방으로 돌아온 참이다.

침대는 총 7대.

나, 카렌, 펠리시아, 티나, 엘리, 리네 씨.

그리고── 호위 역인 릴리 씨.

지금은 엘리와 함께 차를 준비하러 가셨다.

친구의 머리카락을 만지고 걱정을 전했다.

"펠리시아…… 머릿결이 많이 상했어. 제대로 먹고 자고 있니?"

"——요즘은."

친구는 잘못을 들킨 어린아이 같은 얼굴을 하고 말을 흘렸다.

쿡쿡 웃고 주의를 준다.

"무리하면 앨런 님께 혼난다? 자—— 다 됐어."

"편지에도 그렇게 적혀 있었어. 고마워, 스텔라."

"뭘."

펠리시아의 머리카락을 다 빗겨주고 간단히 묶어 정리한 뒤 브러시를 치운다.

창밖으론 살짝 붉어진 달과 수많은 별들.

앨런 님도 이 밤하늘을 바라보고 계실까.

의자에 앉아 방에 돌아온 이후로 입구 쪽 침대 위에서 무릎을 끌어안고 쭝얼대며 얘기를 나누는 여동생들에게 말을 걸었다.

"티나, 리네 씨, 기분은 풀렸니?"

연푸른색, 연붉은색 잠옷을 입은 두 사람이 고개를 들었다. 평소엔 잘 보여주지 않는 어두운 표정이다.

펠리시아의 강조된 가슴께를 응시하며 여동생들은 얼굴을 찌푸렸다.

"언니, 지금 저희는 명명백백해진 세상의 잔혹함에 박살이 났어요. 그래요, 알고 있었죠. 알고 있었다고요! 그래도…… 그래도…… 그래도오! 언니랑 엘리도 유죄인데 펠리시아 씨랑 릴리 씨는 너무해요! 아아…… 이 자리에 동지가, 동지가 함께해줬다면!"

"세상에 신은 분명 존재하지 않을 거고, 있다 한들 무척 심술궂은 분이겠죠……."

티나가 흥분했고 리네 씨는 자신의 날씬한 몸으로 어두운 시선을 떨궜다.

여동생의 동지——『용사』 앨리스 씨와 만난 게 먼 과거 같다.

"하아…… 왜 내가 이쪽인데요……."

티나네에 의해 억지로 동료가 된 카렌이 수건을 머리에 얹으며 불만을 드러냈다. 앨런 님의 하얀 셔츠가 아니라 연노란색 잠옷을 입었다.

"카렌 씨는 이쪽이라구요!" "맞아요!"

즉각 티나네가 규탄한다. 친구는 팔짱을 끼고 얼굴을 찌푸렸다.

"무례하네요. 난 딱히 그렇게까지 신경 안 쓰."

"다녀왔어요오~." "다, 다녀왔습니다."

문이 열리고 두 메이드 아가씨가 들어왔다.

"어서 와요, 릴리 씨, 엘리." "어서 오세요~."

"""……."""

나와 펠리시아는 대답했지만, 티나네는 완전히 입을 다물었다.

두 사람의 가슴께를 한 번 바라본 뒤…… 등을 돌리고 다시 무릎을 끌어안고 말았다.

릴리 씨는 동도에서 잠옷으로도 입으셨던 꽃무늬 유카타를.

엘리는 티나네와 색만 다른 연녹색 잠옷을 입었다.

천이 얇기도 해서 가슴이 강조된다. 머리도 내려서 살짝 요염하다.

——유카타, 좋겠다.

나도 내 걸 가지고 싶다.

어머님도 만들어주신다고 하셨으니 가능하면 앨런 님 것과 똑같았으면.

그걸 입고 같이 여름 축제에 간다든가…….

"~~~읏!" "? 스텔라??"

고개를 털어 사고를 떨쳐낸다.

펠리시아가 당황하고 있지만, 대응할 여유는 없다.

안 돼. 이러면 안 돼, 스텔라. 너, 너무 좀 들뜬 거 아니니?

앨런 님이 남겨주신 억제 마법식 덕에 컨디션 불량도 어느 정도 괜찮아졌다지만, 제대로 마법도 못 쓰는데?

이럴 때일수록 자신을 단단히 붙들어 매고—— 릴리 씨와 엘리가 들고 온 은 쟁반을 테이블에 내려놓았다. 훌륭한 동작으로 홍차를 우리며 연상의 메이드 아가씨가 무섭게 미소 짓는다.

"자알 씻었어요~. 자, 그러면~…… 펠리시아 아가씨~ 메이드 복 얘기, 들려주시겠어요오……?"

"! 그, 그건…… 저, 저기………. 스, 스텔라아. 카, 카렌도 좀 도와줘어어."

친구가 한심한 목소리를 내며 우리를 불렀다.

"저, 저기." "하아."

나는 당황했고 풀 죽어있던 카렌도 자리에서 일어나—— 번갯불을 흩뿌리며 순식간에 이동했다.

"거기까지예요, 릴리 씨."

연상의 메이드 아가씨 앞을 가로막았다.

"계속 행패를 부리시면 제게도 생각이 있어요."

"끄으음~…… 뭘 하시려고요오?"

릴리 씨는 즐거운 듯이 대답하며 홍차를 다 따르고 주전자를 내려놓았다.

소매 입구로 왼팔의 팔찌가 엿보인다. ……으으~.

나는 부모의 원수처럼 릴리 씨의 가슴을 노려보는 친구에게 눈으로 신호를 보냈다.

카렌이 무겁게 결정적 한 마디를 입 밖에 냈다.

"펠리시아에게 메이드복을 만들어 달라고 하는 약속은 없던 일로."

"! 그, 그럴 수가?! 치, 치사해요오~ 너무했어요오오~!"

릴리 씨가 경악하며 침대로 뛰어들어 팔다리를 버둥거린다.

……이겼다.

카렌이 팔짱을 끼고 릴리 씨를 내려다본다.

"관대한 조치인 것 같거든요? 그나저나 어떻게 해야 가슴이 그렇게…… 아뇨, 아무것도 아니에요. 잊어 주세요."

릴리 씨가 동작을 멈추고 신기한 듯이 말했다.

"따로 하는 거 없는데요~? 맛있는 걸 먹고 푹 자고 운동했더니 이렇게 됐답니다~."

"""?!"""

카렌과 귀를 기울이고 있던 티나, 리네 씨가 눈을 휘둥그레 뜨고 비틀거렸다.

나는 짓궂은 생각이 떠올랐다.

"——펠리시아도 대답해 주지 그래?"

"나, 나만?! 스텔라는?!"

"난 평범하거든. 자, 어서."

엘리에게서 홍차를 받아 들고 마음을 진정시키려 하는 카렌을 곁눈질로 보며 티나와 리네 씨가 말없이 재촉했다.

이윽고 펠리시아는 포기하고 손가락으로 머리카락을 만지작거리며 입을 열었다.

"저, 저는 침대에서 지냈던 시간이 길었을 정도예요. 원래부터 몸이 약해서 운동은 잘 못 했고……. 많이 먹지도 않거든요. 그, 그리고, 가슴이 크면 이래저래 불편하다구요. 속옷도 귀여운 게 별로 없고……."

"거짓말이에요!" "펠리시아 씨 속옷, 예뻤었어요!"

티나와 리네 씨가 심문관처럼 외쳤다.

나도 탈의실에서 본 친구를 떠올렸다.

확실히…… 예뻤던 것 같다.

카렌이 홍차 잔을 내려놓고 물었다.

"펠리시아, 너, 전에는 그렇게까지 속옷을 골라 입는 편이 아니었지?"

"애, 앨런 상회 메이드 분들이 '말도 안 돼요!' 하고 혼내서서…… 그, 그냥, 그게 다야!! 아, 아무튼! 그, 그렇게 좋은 일만 있는 건 아니라구요!!"

부끄러운 듯이 펠리시아가 몸을 떨며 내 등 뒤로 숨어버렸다.

티나네는 뭐라 말하기 힘든 표정을 짓고 입을 다물었다.

이로써 간신히——.

"안아주면 좋아해 주긴 하거든요."

『?!!!!』

일어나 침대 옆에 앉아 구움 과자를 먹고 있던 릴리 씨가 갑자기 엄청난 소릴 입에 담았다.

안아줘? 안아줬다니, 대체 누굴…… 똑같은 팔찌.

"……."

자연스럽게 볼이 볼록 부풀고 만다. 어린애 같은 짓일지 모르지만, 억누를 수가 없다.

마력이 희미하게 새어 나와 하얀빛이 깜빡거렸다.

티나와 엘리, 리네 씨, 그리고 카렌이 묻는다.

"릴리 씨." "아으 아으." "서, 설마." "혼자만 앞서간 거예요?"

"우후후~…… 글쎄요? 비밀이랍니다."

""""윽!""""

연상의 메이드 아가씨가 어른스러운 표정으로 입술에 검지를 댔다. ……으으으~.

내 등 뒤에 숨어있는 펠리시아에게서도 불온한 말이 작게 들

려온다.

"아, 안아주면 기뻐한다고? 그, 그러면, 메이드 복에 동물 귀를 달고…… 끄응."

털썩, 침대에 쓰러지고 말았다.

메이드 복에 동물 귀?

신경은 쓰이지만, 지금은 나중이다. 나는 연상의 메이드 아가씨에게 물었다.

"릴리 씨…… 당신은 전혀 걱정을 하시질 않네요. 앨런 님과 리디야 씨, 아틀라까지 행방불명인데."

"……."

유카타를 입은 연상의 메이드 아가씨의 눈동자는 온화하다.

카렌이 뒤를 이었다.

"어디로 갔는지, 동도에 있을 때부터 예상하였죠? 그 팔찌 효과로…… 대체 어디예요!"

"——에헤헤~♪ 전 누나라서요. 조금 우대를 받아볼까~ 해서☆"

"아무리 그렇다지만." "알았어요!"

갑자기 티나가 커다랗게 소리를 지르며 카렌의 말을 가로질렀다.

허리에 두 손을 짚고 침대 위에 일어서더니 자신만만하게 결론을 늘어놓는다.

"——역시 물의 도시죠? 선생님들이 계신 곳은."

『!』

물의 도시는 후국 연합의 중심 도시. 말할 필요도 없는 적지다.

리디야 씨가 자주 '라라노어나 물의 도시로 망명하겠다' 고 말하셨던 건 사실이긴 하다.

하지만 그건 어디까지나 농담일 텐데…… 티나는 확신에 차 주장했다.

"평소라면 있을 수 없어요. 하지만 선생님과 리디야 씨라면 적지 한복판에 있어도 문제없어요. 정보가 부족한데 우리의 남도행 허락이 간단히 내려진 것도 이상해요. ……아버지와 다른 높으신 분들은 선생님들의 행방을 알고 계셨던 거 아니에요?"

"아으 아으……." "설마…… 아니, 그래도……."

엘리와 리네 씨는 어쩔 줄 몰라 했다.

"맞아, 오빠랑 리디야 씨가 있으면 위험 지대도 위험하다곤 말 못 하지."

"직접, 가시다니…… 앨런 씨는 바보야……."

카렌은 벌레 씹은 듯이 있고 베개를 안고 있는 펠리시아는 불만스러워 보인다.

"그래도―― 남도에서 물의 도시까진 거리가 멀잖아. 그리폰으로도 왕복이 불가능한걸?"

나는 여동생에게 거리 문제를 지적했다.

만약 우리도 물의 도시로 가자고 정한다면 이동 수단이 되는 것은 그리폰이다.

후국 연합은 공중 전력을 운용하지 않는 모양이니 도착만 따진다면 문제는 없다.

하지만…… 남도에서 물의 도시까지는 멀다. 적지 한복판에 고립되고 만다.

릴리 씨가 생글생글 웃으며 우릴 타일렀다.

"우후후~ …… 정답이랍니다아★ 두 분은 물의 도시에 머무르고 계세요. 하지만── 물의 도시 편도행은 각하예요. 앨런 씨와 리디야라서 허락되는 행동이니까."

『…….』

우리는 아무 말도 못 하고 입을 다물었다. 무모한 행동인 건 알고 있다.

하지만…… 곁에 있고 싶고 도움을 드리고 싶다고 생각하고 만다…….

생각에 잠겨 있던 티나가.

"──아, 그렇구나."

침대에서 뛰어내려 가방에서 지도를 꺼내더니 중앙 침대에 펼쳤다.

『?』

모두가 모여 들여다보는 가운데 여동생은 두 곳에 펜으로 동그라미를 치고 선을 이었다.

──물의 도시와 아틀라스 후국의 수도다.

티나는 고개를 들더니 붉은 머리 소녀에게 물었다.

"리네, 베이젤 후국 수도에선 안 되더라도 아틀라스 후국 수도에서라면── 그리폰으로 왕복은 불가능할까요?"

"아슬아슬하지만, 가능하겠죠."

"티나, 너, 설마……."

"언니, 지금 전황이라면 물의 도시로 가는 건 언제까지고 허락이 나오지 않을 거예요. 하지만——."

선생님께 가고 싶다! 그러기 위해서라면 무엇이든 할 것이다!!

여동생의 눈동자에선 강한 의지가 보였다.

불과 몇 달 전까지만 해도 마법도 쓰지 못하고 겉으론 밝은 척해도 그늘이 느껴지던 이 아이가…… 이렇게까지.

눈을 감고 벌써 몇천 번째일지 모를 말을 속으로 중얼거렸다.

앨런 님, 감사합니다. 정말로…… 정말로 감사합니다.

나는 눈을 뜨고 우선 카렌 그리고 엘리, 리네 씨와 서로 고개를 끄덕였다.

"현재 린스터와 남방 가문들은 두 후국 수도를 포위하고 있어. 우리가 최전선에 나가는 것도 린 님은 바라시지 않겠지. 그러니——."

자리에서 일어나 주먹을 앞으로 내밀었다.

그러자—— 펠리시아와 릴리 씨를 제외한 모두가 이어서 나와 주먹을 마주 댔다.

우선은 행동하자! 후회는 나중이야!!

"내일부터 우리도 펠리시아의 일을 돕자. 그리고 한시라도 빨리—— 아틀라스의 후국 수도를 제압하게 하는 거야. 그러면 물의 도시로 가는 걸 허락받을 기회도 얻을 수 있을 게 분명해."

"펠리시아가 무리하지 않도록 감시도 해야 하니까."

"""네!""" "! 스, 스텔라! 카, 카렌?!"

티나네가 기운차게 대답했고 펠리시아는 허둥거렸다.

"좋았어! 그렇게 정해졌으면 내일부터 힘내서 당장 선생님 곁으로——."

노크 소리. 내가 대답했다.

"들어 오세요."

"실례합니다. 길보입니다."

티나가 말을 마치기 전에 샐리가 안으로 들어왔다. 엠마 씨의 모습은 없다.

길보? 이런 시간에?

평소 그다지 표정에 변화가 없는 안경 낀 메이드의 얼굴이 살짝 풀어진다.

"——후국 연합이 강화 교섭을 희망했다고 합니다. 조건은 불명이지만, 피를로 피사니 통령이 직접 남도로 오는 것도 불사하겠다는군요."

『!』

갑작스러운 급전개에 놀라움을 감추지 못하고 우리는 눈을 휘둥그레 떴다.

동도에서도 남도에서도 '연합은 항전을 계속하려 한다' 는 정보뿐이었다.

그랬는데 갑자기…… 나는 카렌과 펠리시아를 바라보았다.

설마.

티나네가 볼을 붉게 물들이고 흥분한 모습으로 외쳤다.

"선생님이에요!" "애, 앨런 선생님……." "오라버니, 언니……!"

"――샐리, 자세하게 알 수 있는 건 내일 이후지?"

"네, 스텔라 아가씨."

침대 위 여동생들의 신난 모습을 바라보며 나는 확인했다.

――샐리가 나와 카렌, 릴리 씨에게 눈으로 신호를 보내는 것을 알았다.

평소처럼 티나네에게 주의를 주었다.

"그만~. 벌써 밤이야. 목소리 줄여야지! ――기껏 준비한 홍차가 다 식어버렸네. 나랑 카렌이 새로 갖고 올게."

"펠리시아는 도중에 쓰러질 것 같으니까 남아 있어."

""네~에."" "카렌?!" "스, 스텔라 언니, 저도――."

"엘리 아가씨는~ 꼬옥~ 할까요오♪"

"! 아으으으."

움직이려던 엘리를 릴리 씨가 말리는 걸 확인하고 나와 카렌은 복도로 나왔다.

샐리의 뒤를 따라 긴 복도를 나아가니 막다른 곳에 엠마 씨가 기다리고 있었다.

합류하자―― 즉시 엄중한 방음 결계가 펼쳐진다.

엠마 씨와 샐리가 딱딱한 표정으로 나와 카렌을 바라보았다.

"소식은 두 개였습니다……." "이쪽은 흉보입니다……."

샐리가 건네온 종이를 둘이서 재빨리 확인했다.

보낸 이는 '롤랑 워커'. 북도에서 장소를 옮겨가며 전투를 벌인 모양이다.

『——포스 상회 회장 에른스트는 이번 반란 중, 역적의 병참 업무 중추에서 계획에 참여. 왕도 함락 전 탈출해 라라노어 공화국으로 도망친 모양.』

""…….""

나와 카렌은 놀라 말도 할 수 없었다.

——에른스트 포스.

펠리시아의 친아버지다.

왕도에서 탈출한 뒤로 연락이 닿지 않는다곤 들었지만…… 받아들이기 어렵고 도저히 믿기질 않는다.

두 미인 메이드의 표정도 침통하다.

"이 이상은 불명입니다. 의혹은 왕도 변란이 끝난 뒤에 추구하게 되겠지요."

"펠리시아 아가씨는 지금도 무척 무리하고 계십니다. 여기서 더더욱 스트레스를 드리는 건……."

"그렇, 지……." "전하는 건 조금 더 정보를 얻은 뒤라도 괜찮을 거예요."

나와 카렌은 엠마 씨 일행에게 찬성했다.

펠리시아는 몸이 건강하지 않다. 왕립 학교에도 오랫동안 다니지 못했다. 스트레스를 주면 또 쓰러질지도 모른다.

방음 마법을 풀자, 티나네가 명랑하게 웃는 소리가 들려오기 시작했다.
창밖 달이 조금 전보다도 붉게 물들었다.
문득 지금은 돌아가신 어머니께서 알려주신 고사를 떠올렸다.
『붉은 달이 뜬 밤엔 밖에 나가면 안 된다. 무시무시한 마녀와 흡혈귀가 찾아오니까.』
——막연한 불안함을 지우듯이 나는 가슴 주머니에 간직해둔 제이드 그리폰의 깃털을 만지며 물의 도시에 있을 마법사님을 생각했다.

*

"어서 오십시오, 니케 도련님."
"갈아입으러 왔을 뿐이야. 금방 나갈 거다. ……걸으며 얘기하지."

연이은 회담 중간에 간신히 시간을 만들어 대의사당에서 중앙섬에 있는 니티 저택으로 돌아오자, 현관에서 노집사 토니 솔레비노가 기다리고 있었다.
시간은 이미 낮을 지났다.
며칠 동안 노이로제에 걸릴 정도로 린스터와의 강화 건으로 통령 피를로 피사니 님과 비밀 회담을 거듭하기도 했기에 몹시 피곤했다.

한때는 실력 있는 첩보관으로 이름을 알렸지만, 구 에트나 후국에서의 임무 중 오른손을 잃고 검은 의수를 달고 있는 노집사를 거느리고 복도를 걷는다.

지금으로부터 100년 전에 일어난『물의 도시 소란』때 설치한 철창 달린 창문으로 보이는 대운하에는 많은 곤돌라가 오가고 있었다.

전시 중에도 변함없는 물의 도시의 일상이다.

난 카니엔 후작처럼 애국자가 아니다.

하지만 후국 연합 안에서도 손꼽히는 명가인 니티에 태어난 이상, 이 광경을 지키고자 노력은 할 것이다.

내 방으로 향하며 토니에게 극비 사항을 전했다.

"통령이 강화를 위해 직접 가시게 됐다."

"오오…… 축하드립니다."

"난 아무것도 안 했어. 그저 뒤에 서 있었을 뿐이지. 끈기있게 조기 강화의 이점을 계속 설명하신 아버지의 노력…… 아니."

니티와 나란히 하는 명가, 피사니 가문의 당주이기도 한 피를로 통령은 총명한 분이시다.

나이 70을 넘었으나 오랜 세월 동안 남성해(南聖海)를 전장으로 삼았던 베테랑 거상이자 제2차, 제3차 남방 전쟁에 종군한 경험도 지니고 계신다.

하지만 그런 분마저…… 린스터와의 강화를 단행할 결단을 내리지 못하셨다.

북부 전황은 무슨 말로 포장해도 현저한 열세다.

굴욕적 강화 조건이 될 것은 피할 방법이 없다.

잘못하면 연합 자체가 와해할 가능성마저 제로가 아니다.

통령의 고뇌와 고충…… 짐작이 가고도 남는다.

――그럼에도 불구하고 며칠 사이 갑자기 '강화해야 한다' 고 말하시기 시작했다.

역시 그 징글맞은 남자와 직접 대화했기 때문인가?

나흘 전 이른 아침, 통령에게 전한 말을 떠올렸다.

『린스터의 『검희』와 『검희의 두뇌』가 물의 도시에 와 있습니다.』

스스로도 확실하게 알 정도로 얼굴을 찌푸렸다.

"도련님? 어디 불편하신 곳이……?"

토니가 걱정스럽게 물어왔다. 눈을 감고 고개를 젓는다.

파올로가 지시를 내려 카페에서 만나도록 준비는 마쳤다.

하지만…… 어디까지나 이번 결정은 통령 자신께서 내리신 영단이리라.

노집사가 안심하도록 평소와 다름없는 말투로 대답했다.

"아무것도 아니야. 그냥 좀 피곤해서 그래."

"개전 이래로 밤낮을 가리지 않는 도련님의 진력에는 감복하고 있습니다. 그러나……."

"괜찮아. 이제 얼마 안 남았으니까. ……고마워."

"니케 도련님……."

태어났을 때부터 날 알고 있는 충신이 침통한 표정을 지었다.

피로가 그렇게까지 겉으로 드러나는지…… 한심한 얘기다.

화제를 억지로 바꿨다.

"북부 전선의 새로운 정보는 들어왔나? 계속 의사당 지하에 틀어박혀 있었거든. 세상 돌아가는 일에서 멀어져서── 알려줬으면 좋겠어, 할아범."

토니를 어릴 적처럼 불렀다. 노집사도 내 뜻을 살펴주었다.

"왕국 내부의 소란은 진정된 모양입니다. 이미 왕도에서 돌아온 린스터 공작가 주력은 아틀라스, 베이젤 두 후국 국경을 넘어 포위군에 참여했다고 보고가 들어왔습니다."

"철도를 통한 군대의 고속 기동이야. 여전히 제대로 철도 계획 예산조차 통과시키지 못하는 연합으로선 생각 못할 속도로 행군해 오는군."

연합 안에도 철도 자체는 존재한다.

하지만 '철도망' 으로서 정비한다는 개념이 존재하지 않는다.

한 번 카니엔 후작이 개인적인 생각으로서 의회에 제출하긴 했으나 찬동을 얻지 못했다.

각각이 강한 독립 의식을 갖는 '후국' , 그것들이 모여 이룬 국가 체제의 한계인가…….

저택 가장 안쪽에 있는 내 방이 보이기 시작했다. 토니가 말을 계속했다.

"아틀라스, 베이젤 두 후국의 잔존 부대는 여전히 후국 수도에서 농성 중입니다만…… 이따금 소규모 부대를 출격시켜 적 보급선에 산발적 공격을 가하고 있습니다."

"그 얘기는 들었다. 유일하게 효과적인 공격이라고도 말이야."

린스터는 강하다. 너무나도…… 지나치게 강하다. 전투가 크게 벌어지면 승기를 잡을 수 없다.

따라서 적의 보급선을 때리는 것은 잘못된 선택이 아니다. 그에 걸맞은 전과를 올렸다고도 들었다.

토니가 전 첩보관으로서 영리한 분석을 입에 담았다.

"며칠 사이 그러한 공격 부대들이 일방적인 기습을 받아 괴멸하는 사례가 잇따르고 있다고 합니다. 정보가 새어 나가고 있습니다."

"마법 통신 암호가 해독된 건가? 며칠 전에 갱신하지 않았나?"

왕국은 겉으로 드러나는 군비뿐만 아니라 정보 수집에도 막대한 예산을 투자하고 있다.

마법 통신의 암호화 기술도, 그 해독법도 연합과는 천지 차이다.

토니가 딱딱한 목소리로 말했다.

그 목소리에 담긴 것은—— 틀림없는 두려움과 분노.

"미확인 정보이긴 합니다만…… 사익스 백작이 최전선 근처에 있다는 모양입니다. 습격당한 부대의 몇 안 되는 생존자들은 '거대한 낫을 휘두르며 웃는 메이드의 모습을 봤다' 고도 하더군요."

나는 걸음을 멈추고 노집사의 얼굴을 물끄러미 바라보곤—— 말을 뱉었다.

“‘마왕이라 해도 속여 보이겠다’ 고 호언장담하는 사익스와 네 오른팔을 앗아간 『목 사냥꾼』 케이노스인가. 『비혈(緋血)의 마녀』가 최전선 지휘를 맡았다는 것도 사실인 모양이군.”

현재 후국 연합에 그 전설의 마녀—— 린지 린스터 전 공작부인을 상대할 수 있는 마법사는 없다. 간신히 『관통』 레지나 론도이로 후작 정도겠으나, 그분은 마녀의 두려움을 속속들이 알고 있다. 전장에는 서시지 않을 것이다.

실제로 개전에 끝끝내 반대하신 뒤, 자국 영지로 귀국하셨다.

물의 도시에는 대리로 손녀딸인 로어 론도이로를 머무르게 한 뒤로 돌아오시지 않고 있다.

내 방 문을 열고 안으로 들어간다.

벽은 책장으로 가득 채워졌고 그 밖에는 집무 책상과 의자, 간소한 침대뿐. 별 볼 일 없는 방이다.

피로를 견디지 못하고 창가 의자에 주저앉았다.

“또 카니엔 후작의 저택에 출입하는 이국에서 온 자가 있습니다.”

“……성령교 자들이겠지.”

서랍을 열어 펜과 종이를 꺼내 지금까지 토니에게서 들은 정보를 메모해 둔다.

“하지만 무슨 일을 벌일 것 같진 않아. 그분은 애국자다. 누구보다도 연합의 장래를 생각하고 계시지. 종교를 정치에 끌어들이시진 않을 거다. 계속해서 감시는 해줘.”

“알겠습니다.”

의자에 몸을 맡기고 밖을 바라보았다.

구름의 움직임이 빠르다. 물의 도시의 정세도 비슷한가.

방심하면 잠에 빠질 것만 같다. 바로 돌아가야 하는데.

토니도 그것을 알고 있을 것이다. 진지한 모습으로 물어왔다.

"강화 조건은 어떻게 될까요? 아틀라스, 베이젤을 넘기는 겁니까?"

"모르겠다. ……그래, 정말로 모르겠어."

깨나른하게 대답했다. 눈가를 손가락으로 누르며 연신 깜빡인다.

"정해진 건 통령 스스로 남도로 들어가 린스터 공작과 직접 담판을 시도한다는 것뿐이야."

"결단하셨군요."

"총명한 우리의 통령 각하와 현명하신 아버지께 건배다. …… 전쟁이 끝나면 한바탕 들끓겠지만."

통령께서 직접 출두하시면—— 강화는 우선 성립된다.

왕국은 반란을 진압하긴 했으나, 유스틴 제국, 성령 기사단, 라라노어 공화국과 적대하고 있다. 우리에게만 관심을 줄 만큼 여유롭지 않을 터이다.

문제는 강화 이후로 벌어질 국내의 문제인데…… 자신의 목을 만졌다.

"뭘, 정 안 되면 내 목을 내면 어느 정도는 상황이 원활히 굴러가겠지. 위원회 안에서 나온 발언을 듣는 한, 에트나, 자나의 옛 후작과 아틀라스, 베이젤 두 후작, 카니엔 후작과 폴론토 후작은 강화에 반대하실 테니까."

"그런 불길한 소린 입에 담지도 마십시오! ……도련님이 쓰러지시면 누가 영광스러운 니티가를 잇는단 말입니까?"

토니가 험악한 표정으로 질타했다.

"문제없어…… 동생 놈이 있으니."

눈을 감고 두꺼운 고서를 즐겁게 읽고 있는 어린 이복 남동생을 떠올렸다.

소녀처럼 몸이 가냘프고 싸움도 몹시 싫어한다.

잠재 마력은 그야말로 방대하지만, 사용할 수 있는 마력은 미약할 뿐.

하지만…… 그 녀석에겐 나이에 걸맞지 않은 지혜가 있다.

저택에 있는 고서를 모두 읽고 지금은 대도서관의 문헌 대부분도 읽었다고 한다.

――그렇다, 과거에 내가 왕립 학교에서 본 그 남자처럼.

마법 자체가 약해지고 있는 작금이기에 동생 놈 같은 존재가 가문을 이어야 한다.

유학에서 돌아왔을 때 동생 놈이 선물해 준 이후로 줄곧 써 온 펜을 돌렸다.

"그 녀석은 주변을 모르고 사람을 모르고, 세상마저 모를지 모르나, 사람으로선 지극히 올바르지. 왕립 학교에서 도망친 나 같은 것보다 훨씬 가문을 맡길만해."

"니케 도련님."

"그 녀석은 잘 지내고 있나? 얼굴을 마주할 기회도 없어서 말이야."

노집사의 말을 가로지른다. 사죄할 필요 따윈 없다. 내게 니티가를 이을 힘은 없으니까.

토니가 날 배려해 주었다.

"오늘도 대도서관으로 가셨습니다. 고서의 하권을 찾고 계신다더군요."

"책만 읽지 말라고 전해줘. 내년 봄에는 왕국의 왕립 학교로 보낼 생각이야."

"! 왕립 학교에, 말입니까?"

"그곳은 세상이 얼마나 넓은지 알기에 좋지. ……여기보다 안전하고."

물의 도시를 다스린 『후왕(侯王)』의 핏줄에 전해지는 물 속성 극치 마법은 현재 단절될 위기에 처했다.

피를 이어온 일족의 젊은 자 중, 쓸만한 가능성을 품고 있는 건 오로지 동생 놈 한 명뿐.

그 사실은 니티가의 극비 사항이지만…… 다른 가문도 파악은 했으리라.

언젠가 반드시 노려지게 될 것이다. 그렇게 되기 전에 자신의 몸을 지킬 수 있도록 만들어 놓아야겠지.

책상 위에 장식된 왕국의 금화가 눈에 들어왔다.

4년 전. 자신만만했던 당시의 나는── 거목이 수호하는 그 땅에서 커다란 좌절을 맛봤다.

『검희』 리디야 린스터.

『광희』 셰릴 웨인라이트.

신에게 사랑받고 있다고밖에 생각할 수 없는 재능 넘치는 소녀들.

그리고 무엇보다…… 동도에서 찾아온 괴물 중의 괴물.

강한 불쾌함을 억누르며 앞으로 일을 전해둔다.

"아무튼…… 얼마 안 남았어. 내일 13인 위원회만 넘으면 연합은 궁지에서 벗어날 수 있다. 그다음은 우리가 끈기있게 '강화를 바란다' 고 계속 말하면 린스터도 안 좋게 나오진 않겠지. 이어서 정보 수집과 각 가문의 경계를 부탁해."

"맡겨 주십시오. 파올로와의 연락도 끊임없이 하도록 하겠습니다."

그렇게 말한 뒤, 토니는 가만히 선 채 침묵했다. 의아하게 여기며 물었다.

"뭐가 더 있나?"

"『수룡의 관』 최상층에 숙박하고 계신 두 분 말입니다만. 만나시지 않으셔도 되겠습니까?"

불만을 표하는 신음을 흘리고 말았다. 왕립 학교 졸업식에서 녀석에게 한 말을 떠올렸다.

그것은 내 인생에서 가장 큰 실수였다.

"만날 생각은 없어."

"도련님, 하오나──."

노집사의 진언을 손으로 제지하고 평소와 다름없는 어조로 명령을 내렸다.

"금방 먹을 수 있는 것과 진한 커피를 준비해 줘. 대충 먹어 치우고 의사당으로 돌아갈 거다."

*

『아틀라스 후국의 밀 시세 제어 불능 속으로. 망명자 다수 속출.』
『아틀라스, 베이젤 두 후작, 밀 시세를 둘러싸고 서로 의심 암귀에 빠지다. 점점 깊어지는 균열.』
『북부 5개 후국의 도로, 다리, 항구의 조기 복구 전망 없음.』
『물의 도시 주요 생필품 가격, 개전 이후로 우상향 중.』
『남방 도서 제국으로부터의 무역량, 나날이 감소 중.』

"으~음. 생각 이상으로 규모가 큰걸."
물의 도시로 온 지 5일째. 오늘은 광요일.
나는 『수룡의 관』에 마련된 방에서 사키 씨에게 받은 후국 연합의 극비 자료를 훑어보며 쓰게 웃었다.
활짝 열린 창에서는 기분 좋은 바닷바람이 불어온다.
물의 도시는 오늘도 평화롭구나…… 적어도 표면상으론.
원형 테이블에 자료를 두고 종이에 펜을 달린 뒤, 소파에 몸을 맡겼다.

"뭐가~? 자."

간이 부엌에서 홍차를 우리던 리디야가 돌아와 잔을 내밀었다.

당연한 듯이 내 하얀 셔츠를 입고 있는 게 참.

물의 도시에 온 이래로 기운이 가득한 아틀라는 사키 씨와 신디 씨, 다른 메이드분들과 함께 호텔 근처 노점으로 과자를 사러 나가 자리에 없었다.

"린스터의 경제 공세 규모가 말이야. 고마워."

잔을 받아 들자, 리디야는 내 왼쪽에 앉고 어깨를 딱 기대왔다.

자료를 손에 들고 눈으로 훑더니 원형 테이블로 던진다.

"규모로선 타당한데?"

"그런가?"

"그럼. 그도 그럴 게 널 구하러 가는 걸 방해한 거잖아? 나라째로 없애버리지 않은 것만 해도 자비로운 거지."

"으, 으~음……."

대답이 궁해진다.

머리카락을 만지작거리며 생각을 늘어놓았다.

"뭐…… 물의 도시 수뇌부가 양식을 유지하고 있다면 분명 '이 전쟁을 계속하고 싶지 않다' 고 생각하고 있을 거야."

"그렇겠지. 그것만 틀리지 않으면——."

"강화는 성립된다 이건가. 좋아! 나머진 높으신 분들께 맡기자!"

"그래도 될 것 같은데? 있지, 다리 뻗을래."

"에이."

"뻗, 고, 싶, 단, 말, 야~."

떼쟁이 아가씨가 칭얼거린다.

"어쩔 수가 없어요……."

나는 잔을 원형 테이블에 놓고 팔걸이에 쿠션을 올려 옆으로 누웠다.

곧장 리디야도 내게 달라붙더니 누워 뒹군다. 반바지에서 뻗어 나온 긴 다리가 보였다.

"우후후후~♪"

기분이 하늘을 찌른다.

뭐라 하기 힘든걸.

소녀의 체온을 느끼며 허공에 시험 제작 중인 마법식을 늘어놓았다.

시제 얼음 속성 마법. 식물 마법. 신체 강화 마법. 『뇌신화』의 응용.

속성 이상을 극복한 스텔라라면 능숙히 사용해 낼 빛과 얼음의 복합 광역 마법.

리디야가 날 끌어안으며 물어왔다.

"걔들 용이야?"

"응. 성장 속도가 심상치 않아서 가르치는 쪽이 고생이야. 보람차긴 하지만."

붉은 머리 공녀 전하가 내 배 위에 올라탔다.

가까이서 시선으로 조른다. 머리핀이 반짝였다.

"……내 건?"

늘 봐왔지만…… 몇 년이 지나도 익숙해지질 않는다.

리디야의 외견은 아무도 불만을 말할 수 없을 정도로 아름답다.

"전에 준 건."

"벌써 다 배웠어. 완벽해."

얼굴에 경련이 인다.

——단거리 전술 전이 마법『흑묘유보(黑猫遊步)』

앙꼬 씨의 마법식을 일부 모방해 내가 짰지만, 이렇게 단기간에 습득이 가능한 물건은 절대 아니다.

"하아아아. 천재는 이렇다니까!"

"그럼? 누구보다 잘 알지 않아? 수석님?"

턱을 괴고 리디야가 히죽거린다. 얼굴을 찌푸렸다.

"묘하게 괴롭히네?"

"주인님 권리야."

안 되겠다. 못 이기겠어.

오른손을 움직여 티나네용 마법식을 지우고 리디야의 생일 선물로 짜고 있던 다른 식을 전개했다.

공녀 전하는 재빨리 눈으로 훑고는—— 마치 꽃이 피듯이 미소 지었다.

"언제 만든 거야?"

"꼭 말해야." "해."

단호한 어조. 어쩔 수 없이 전한다.

"작년부터 안을 짜서, 튼튼이……."

"그래~~~~애? 그렇구나~?"

히죽거리며 다리를 파닥거린다. 앞머리는 좌우로 살랑살랑.

견디지 못하고 난 외쳤으나,

"피, 필요 없으면." "필요하거든!"

리디야에게 간단히 부정당했다.

"——고마워♪ 바로 쓸 수 있겠네."

"천천히 해도 돼."

"네가 생각해 준 기술이랑 마법을 배우는 게 내 최우선 사항이거든? 4년 전부터 말야."

"아가씨 뜻대로 하시지요."

시야 끄트머리로 파올로 씨에게 부탁한 가위가 눈에 들어왔다.

특별히 허락도 받았으니, 아틀라가 오기 전까지 리디야의 머리를 정리해야겠다.

"옛 성당엔 언제 갈까?"

"으~음…… 열흘 뒤. 다다음주 염요일."

"? 네 생일에??"

리디야는 나보다 몇 달쯤 누나다.

윗몸을 일으켜 만면의 미소를 짓는다. 가슴께로 어른스러운 검은 속옷이 엿보였다.

"응. 이론, 반론은 인정 못 해. 아아, 괜찮아. 여는 건 확인했거든. 전쟁 중이라도 연대. 굉장하지?"

"네가 가고 싶다면 갈게, 어디든지."

괜찮다. 안 들켰어…… 분명.

리디야의 가는 손이 뻗어왔다. 요염한 표정.

"하인으로서 마음가짐이 조금은 이해되기 시작했나 봐? 잘했어, 잘했어. 상으로 아름다운 누나가 머리 쓰다듬어줄게. 좋지? ……속옷도 새로 맞췄거든. 좋아?"

"끄윽."

"후후후♪"

머리를 끌어안긴 채 하는 대로 내버려 둔다. 물의 도시에 오고부터 패전이 이어지고 있다.

――아틀라네 근처에 날려 둔 마법 생물인 작은 새가 반응했다.

『수룡의 관』 근처 골목에서 인식 방해 마법을 사용하며 모습을 살피는 연푸른색 머리카락의 소년과 시종 소녀를 어린 소녀가 바라보고 있다.

나는 공녀 전하를 안고 소파에서 내려왔다.

"영차." "꺅."

품 안에서 얼굴을 새빨갛게 물들이고 작아진 나의 아가씨께 제안했다.

"아틀라가 오기 전까지 머리 다듬을까?"

"――응."

바닥에 천을 깔고 앞치마를 입은 리디야를 목제 의자에 앉힌 뒤 머리를 물 마법으로 적셔나간다.

"이거, 뭐로 자른 거야? 단검?"

"기억 안 나~."

분명 기억하고 있다. 말하기 싫은 모양이다.

"나 때문이니까 막 뭐라 하진 않겠는데 말야, 모처럼 예뻤는데……."

"뭐야~. 지금 난 안 예쁘다고~?"

다리를 파닥거리며 리디야가 어리광을 부린다.

왕도를 빠져나온 이후로 줄곧 아틀라가 있었기에 단둘이 있을 시간이 적어서 그럴지도 모른다. 머리에 가위를 댔다.

"객관적으로 보면 아름답지. 머리핀도 귀엽잖아."

"처음 한 말은 필요 없거든~? ……또 기를 거야. 머리핀도 달아?"

"자기가 정하시죠. 만났을 때처럼 '길면 귀찮다'는 생각은 이제 안 하잖아?"

"지금도 귀찮아. 나 혼자였으면 짧게 했을 거야. 그래도――."

리디야는 그야말로 행복하다는 듯이 미소 지었다.

창문으로 저녁 햇살이 비치며 물에 젖은 붉은 머리가 반짝였다.

"네가 긴 걸 좋아하면 계속 기를 거야. 난 그렇게 하고 싶어."

"……그렇구나."

"그렇다구♪"

머리를 전부 다듬고 바람 마법으로 자른 머리카락을 날린 뒤, 한 차례 확인한다.

――오랜만에 잘라본 건데, 잘 됐다.

빗자루로 청소하며 일러둔다.

"기른다 쳐도, 나 말고 다른 사람이 잘라줄 수 있게 돼야 한다? 옛날엔 리사 씨나 안나 씨한테 잘라달라고 했을 거 아냐."

"지금은 네가 있잖아. 그리고 그런 소리 해도 되겠어? 진짜로~?"

천을 정리하고 리디야의 목에서 앞치마를 벗겼다.

소녀는 머리핀을 앞머리에 달고 일어서서 돌아보았다. 목걸이가 반짝인다.

"설령 그렇게 됐다 쳐 봐? 내 머리카락을 자르는 건 모르는 남자일지도 모르는데? 너, 받아들일 수 있어??"

리디야의 머리카락을 모르는 남자가 만진다.

……상상하고 말았다.

등을 돌리고 도구를 정리해 침대 근처 사이드 테이블 위에 놓았다.

"자, 저녁 메뉴는 뭘까~. 오늘 밤도 맛있었으면 좋겠, 우왓!"

폴짝 뛰어오르는 소리. 리디야가 날 침대로 밀어 넘어뜨렸다.

"그런 표정 지을 거 없어. 너 말고 다른 남자가 머리를 만지는, 그런 건…… 상상만 해도 기분 나빠. 잘됐네, 날 독점할 수 있어서♪"

"……내가 널 언제 이렇게 잘못 키웠을까."

고개를 든 붉은 머리 미소녀와 시선을 맞춘다.

눈을 감고 속삭이듯이 리디야가 고백한다.

"——아무것도, 무엇 하나 잘못한 거 없어. 너랑 만나지 못하는 세계 따윈, 그런 건 존재하지도 않고 그렇게 두지도 않을 거야. 설령 그날…… 왕립 학교 입학시험 때 만나지 못했더라도 난 널 찾아냈어. 세상 끝에 있었다 해도. 그러니까, 이렇게 되는 건 필연이야. 알았어? 알았으면 대답해 줘…… 응?"

쑥스러워져서 볼을 긁적였다.

"정말, 넌 난처한 공녀 전하라니까."

"대답이 그게 아니잖아~~."

빙글빙글, 내 가슴에 머리를 대고 문지른다.

나는 막 다듬은 붉은 머리를 손으로 훑었다.

"그러게…… 그럴지도 모르겠다."

"단언하라고오~. 두 번 다시, 절대, 절대, 저얼대로, 손에서 안 놓을 거야. 다음에 만나면 그 징글징글한 『용사』가 상대라 해도, 베고 태워서 울려줄 테니까!"

"앨리스를? 크게 나오는걸."

"문제없어. 그야——."

리디야가 품 안에서 4년 전과 다름없이 천진난만하게 웃었다.

"네가 곁에 있어 주는 한 난 무적인걸. 누구에게도, 누구에게도 지지 않아."

*

목욕을 마치고 사복으로 갈아입은 리디야를 의자에 앉혀 머리카락을 말려주고 있는데 문을 노크하는 소리가 들렸다. 아틀라네가 돌아왔나?

호텔 근처까지는 작은 새로 확인했는데.

"열려있어요."

천천히 문이 열리고 들어온 것은 사키 씨 혼자였다.

우리의 모습을 확인하곤 깊숙이 고개를 숙인다.

"괜찮아요. 아틀라네는 같이 안 왔나요? 리디야, 다 말랐어."

"응~."

완전히 마음을 풀어버린 상태인 공녀 전하에게 말을 걸고 사키 씨의 대답을 기다렸다.

——머리카락의 깃털을 보고 있자니, 비 오는 왕도에서 딱 한 번 만났던 은인이 떠올랐다.

리디야가 내 왼쪽에 서자, 사키 씨가 담담히 알려주었다.

"아틀라 아가씨와 신디는…… 손님과 함께 1층에 있습니다. 뵈시겠어요?"

무표정 속에는 희미한 망설임. 나는 긍정했다.

"리디야." "누군진 알지? 마음대로 해."

간발의 차도 두지 않고 대답해 어깨를 으쓱였다.

애당초 우리를 찾아올 상대는 물의 도시에 많지 않다.
"만나도록 하죠. 안내해주세요."

"안녕, 좋은 밤이구나. 니콜로."
1층 카페에서 날 기다리고 있던 것은 대도서관에서 만난 연푸른색 머리카락의 소년과 하늘색을 기조로 한 메이드 복을 입은 미소녀였다.
날 발견하곤 인사를 한다.
"! 아, 안녕하세요, 앨런 씨. 죄, 죄송합니다…… 얘기를 꼭 하고 싶어서, 묵고 계신 곳을 집안사람에게 찾게 시켰어요. 그랬더니 그 조그마한 아이한테 들켜서…… 아, 이 애는 제 시중을 들어주는 투나예요."
"——투나라고 합니다."
백금발에 녹색 눈, 장신. 귀는 길지 않지만, 이 마력, 엘프 혼혈인가?
"앨런입니다. 오늘은——." "앨런, 리디야, 단거♪"
신디 씨 무릎 위에 앉아 보라색 두건을 뒤집어쓴 아틀라가 사 온 종이봉투를 기쁜 듯이 보여주었다.
"고마워, 아틀라는 참 착하구나." "물건도 사 올 줄 알고 장한걸."
"♪"
"신디 씨, 사키 씨, 감사합니다."
"아뇨." "어~엄청 즐거웠어요☆ 갑자기 아틀라 아가씨가 내

달리셔서 이분들을 안내해 주시길래 깜짝 놀랐지만요."

투나 씨의 인식 방해 마법은 완벽에 가까웠다.

하지만 아틀라는 손쉽게 간파했다. …… '냄새' 때문인가.

나와 리디야가 아틀라를 사이에 두고 앉자 린스터가 메이드분들이 뒤쪽으로 섰다.

긴장한 모습의 소년에게 말을 건다. 건너편 해안의 건물 창문이 저녁놀을 반사했다.

"오늘은 무슨 일이죠?"

"네, 네!"

니콜로는 옆 의자에 놓아두었던 두꺼운 고서를 테이블 위에 놓았다.

——**『마왕 전쟁의 숨겨진 역사 上』**

"다 읽어서 감상을 전해드리러 왔어요!"

나는 경악했다. 전문가조차 애를 먹을 옛 제국어 고서를 불과 며칠 만에?!

"……이걸, 벌써요?"

"무척 재밌었어요! 하권도 읽고 싶어서 찾아봤는데, 없더라고요……. 목록에도 존재하고 대도서관의 장서엔 전부 감지 마법이 걸려 있거든요. 누가 들고 가진 않았을 것 같은데……."

소년의 표정에 그늘이 졌다. 신기한 이야기다.

"앨런♪"

어린 소녀가 종이봉투를 내밀길래 열어주고 꽃 모양 구움 과자를 꺼냈다.

작은 그릇에 몇 개 덜어 담고 사키 씨에게 나머지를 건넸다.
엘프 미소녀에게 묻는다.
"니콜로는 항상 이 정도 속도로 고서를 읽나요?"
말을 걸어올 줄은 몰랐는지 고개를 주억거린다.
"네, 네. 니콜로 도련님은 푹 빠지시면 한나절 이상은 계속 책을 읽으셔서요."
"그렇군요."
왕립 학교 도서관에서 자주 보이던 연푸른색 머리카락의 동기생을 떠올렸다.
——방대한 잠재 마력도 그렇고, 피는 속일 수 없나.
나는 놓여 있던 메뉴판을 니콜로에게 내밀었다.
"사양 말고 좋아하는 걸 시켜 주세요. 천천히 감상을 들어보고 싶네요."

*

"——즉, 이 책은 종래의 『마왕 전쟁사』와 크게 다르며 『유성』의 부관이면서 수수께끼가 많았던 『초승달』의 편지를 기초로 쓰인 거죠!"

눈앞에서 니콜로가 열변을 토하고 있다.
아틀라가 사다 준 구움 과자는 다 먹었고 리필한 홍차도 다 마셨다.

창밖에선 호텔 앞 거리와 대운하가 비에 젖고 있었다.

도중까지 함께 있던 리디야는 메이드 아가씨들을 데리고 일단 방으로 돌아갔다.

너무 오래 기다리게 했나?

——창밖. 밤의 어둠 속에 우산도 쓰지 않고 이쪽을 살피는 남자의 모습이 보였다.

저 행동거지, 일반 주민이 아니다.

나는 무릎 위에서 새근새근 자고 있는 아틀라를 쓰다듬으며 소년에게 말했다.

"흥미롭네요. 저도 『마왕 전쟁사』는 읽었는데…… 내실이 적나라하게 적혀 있진 않았죠. 투항한 마족의 얘기까지 실려있을 줄이야. 저자가 누군지 알겠나요?"

"구체적인 이름은 없었어요. 웨인라이트 왕국의 콜하트 백작가 사람인 건 확실한데요. 하권을 읽으면 명확해질 것 같아서 온 힘을 다해 찾아달라고 하는 중이에요!!"

흥분한 모습인 소년 옆에 앉아 기회를 살피던 투나 씨가 주의를 환기했다.

"도련님, 슬슬 저택으로 돌아가시지 않으면…… 배의 정기편이……."

"어? 시, 시간이 벌써 그렇게? 어, 어쩌지……."

모자를 쓴 리디야 일행이 카페로 돌아왔다. 신디 씨는 손에 우산을 들었다.

태연한 어조로 제안하고 물었다.

"오늘은 이쯤 할까요? 니콜로는 어디에 살고 있나요?"
"네? 아…… 주, 중앙 섬에……."
"정기편 선착장까지 배웅하죠. ——리디야, 괜찮지?"
"상관없어. 사키, 신디, 아틀라를."
"알겠습니다." "네~에."
자고 있는 어린 소녀를 두 메이드 아가씨에게 맡긴다.
이어서 리디야가 자연스러운 동작으로 내게 웃옷을 입혀주었다.
당황한 니콜로와 투나 씨를 재촉한다.
"자, 가자—— 우산은 빌려줄 거지?"
"이쪽을." "부디 사용해 주시기 바랍니다. 도련님, 아가씨."
준비하고 있던 파올로 씨와 남성 종업원이 우산을 니콜로 일행에게 건넸다.
""네, 네…….""
소년 소녀가 어색하게 고개를 끄덕이고 우산을 받아 들어 출구로 향한다.
나는 리디야에게 속삭였다.
"감시받고 있어. 상대는 불명." "——응."
파트너는 작게 끄덕이더니 내게서 떨어져 메이드 아가씨들에게 손가락으로 신호를 내리곤 밖으로 걸어 나갔다.
그 자리에 남은 나는 주머니에서 접어놓은 종이를 꺼내 내밀었다.
파올로 씨가 의아한 표정을 짓는다.

"이건……?"
"피를로 씨란 어르신께 건네주세요."
눈을 보며 쿡쿡 웃는다.

"내용은—— 이번 전쟁의 종착점, 그에 대한 사견입니다."

"?! ……당신은, 서, 설마, 모든 걸 아시고서……?"
"소개해 주신 카페에서 어르신께 아틀라가 사탕을 받았거든요. 당신께 건네드리는 게 빠르잖아요?"
자세를 바로 세우고 파올로 씨가 깊숙이 고개를 숙였다.
"……죄송했습니다."
"저는 아무것도 모릅니다. 이 호텔이 물의 도시 첩보 부문에서 운영하는 기관이란 점도요. 어쩌다 보니 저희가 찾아왔을 뿐이에요. 그럼 잘 부탁합니다. 사키 씨, 신디 씨, 나중에 뵙죠."
"다녀오시기 바랍니다." "네~에. 조심히 다녀오세요~."
"……."
파올로 씨는 변함없는 자세로 우리를 배웅했다.

비 내리는 대운하 옆길로 우리는 우산을 쓰고 걸어갔다.
마력등이 반짝이기 시작하더니 흐릿하게 물의 도시를 밝힌다. 환상적이다.
앞서 걷던 니콜로는 몇 번이나 돌아보았으나.
"아…… 저, 저기……."

같은 우산에 들어간 나와 리디야를 보고는 얼굴을 붉히며 시선을 되돌리고 말았다.

"이, 이쪽이 지름길이에요." "조금 어두우니 조심하시기 바랍니다."

니콜로와 투나 씨가 오솔길을 꺾었다. 나는 리디야에게 눈짓을 보냈다.

——올 거라면, 이제 슬슬이야.

몰래 왕녀 전하가 직접 전수해 준 전술용 광역 보조 마법을 발동시켜 둔다.

석조 오솔길을 나아가 인적 없는 다리를 건너던—— 그때였다.

우리의 앞뒤로 외투를 걸친 남자들이 막아섰다. 손에는 세검과 완드를 들었다.

"뭐, 뭐죠? 당신들은?" "도련님, 물러서세요!"

니콜로가 동요하는 가운데, 우산을 내던지고 투나 씨가 품 안에서 단검을 꺼냈다.

앞에 선 남자가 날 보았다.

"너희에게 볼일은 없다. 그 소년을 넘겨줘야겠다."

어라? 나는 리디야와 얼굴을 마주 보았다.

——목표는 우리가 아니었다.

"싫다고 말한다면?"

"내일 아침 해를 못 보게 되겠지."

맨 앞에 선 남자가 한 손을 들자, 나머지 남자들이 일제히 물

속성 마법을 전개하기 시작했다.

파랗게 질린 얼굴로 떨면서도 니콜로가 외쳤다.

"애, 앨런 씨, 리, 리디야 씨, 도망치세요! 노리는 건 저예요! 당신들이라면 도망치는 것 정도는——."

"해도 돼, 리디야." "응~."

우산을 그대로 쓰고 있는 내 지시를 받고 붉은 머리 공녀 전하가 오른손을 휘둘렀다.

『윽?!!!』

순간—— 습격자들의 머리 위에 수많은 불꽃 창이 현현.

한 발짝이라도 움직였다간 가차 없이 쏟아지리라.

리디야가 불만스럽게 중얼거렸다.

"음험한 왕녀의 보조 마법 같은 건 받기 싫거든?"

우리의 동기, 셰릴 웨인라이트 왕녀 전하의 특기 마법은 빛 속성 마법.

지금 내가 쓴 것은 학생 시절, 그녀에게 배운 빛 속성 중급 마법 『광제신도(光帝神圖)』.

효과 범위 내의 공격 마법 명중률을 큰 폭으로 끌어올리는 보조 마법이다.

셰릴 왈—— "머리 위에 지도를 떠올리고 거기에 핀을 꽂아 넣어가는 거야".

맨 앞에 선 남자를 야유했다.

"요인을 습격할 거라면 조금 더 조용히 움직이는 게 좋을 것 같은데요?"

"크!" 『!』

남자들은 보기에도 동요했다.

이거라면—— 둔한 빛을 발하며 몇 개의 선이 공중을 달려왔다.

곧 리디아의 불타는 창이 요격해 회색 '사슬'을 불태운다.

"! 누, 누구냐! 공격 명령은 내리지 않았다!"

대장으로 보이는 남자가 허둥대며 남자들을 둘러보았다.

집단 안이 아니라 주변 건물에서 마력이 전이되어 간다.

"성령교 이단 심문관인가."

"귀찮은 녀석들이 숨어들어왔나 보네. 사키, 이 녀석들 구속해 놔."

"알겠습니다, 리디야 아가씨."

『?!』

반응할 새도 없이 수로에서 수많은 검은 새가 습격자들을 덮쳤고—— 이윽고 사라졌다.

뒤쪽에 있던 건 커다란 흰 양산을 쓴 사키 씨였다.

역시 린스터 공작가 메이드대 제6석. 화를 사지 않도록 하자.

메이드 아가씨에게 묵례하고 앞쪽에서 어안이 벙벙한 모습으로 있는 소년을 다시 돌아보았다.

"자, 니콜로—— 당신의 성씨를 알려주겠어요?"

"네." "도련님."

불안해 보이는 투나 씨에게 고개를 끄덕이고 아직도 살짝 파랗게 질린 얼굴을 한 소년이 입을 열었다.

"제 성씨는 '니티' —— 니콜로 니티라고 합니다. 지금 물의 도시 부통령을 맡고 있는 니에토 니티의 차남입니다."

제4장

"이제 진정됐나요?"
"네, 앨런 씨."

내 물음에 의자에 앉아 홍차 잔을 두 손에 든 니콜로가 힘없이 고개를 끄덕였다.

그런 어린 주인을 투나 씨가 걱정스럽게 지켜본다.

습격자를 격퇴한 뒤, 우리는 『수룡의 관』으로 다시 돌아가 파올로 씨에게 상황을 설명하고 우리 방으로 돌아왔다. 아틀라는 사키 씨에게 맡기고 다른 방으로. 신디 씨는—— 포로를 심문 중이다.

4층 각 곳에선 린스터가 메이드 분들이 경계를 서고 있다.

창밖의 물의 도시는 비가 내려 잘 보이지 않는다.

니콜로가 고개를 숙였다.

"다시…… 구해주셔서, 감사합니다."

"신경 쓰지 않아도." "난 신경 쓸 거거든?"

창가에 등을 기대고 팔짱을 끼고 있던 리디야가 내 말을 가로질렀다.

연푸른색 머리카락의 소년을 노려본다.

"니콜로 니티? 랬나? 너, 왜 습격당한 거야?"

"그건."

" '니티' 는 후국 연합에서도 오랜 역사를 가진 명가지. 게다가 지금 당주는 부통령이야. 그 집 자식이 물의 도시 안에서 납치당할 뻔했어――. 상대 중에는 성령교 녀석들도 있었지. 우린 여기 관광 온 거거든? 잔 속의 폭풍엔 눈곱만큼도 관심 없, 으읍."

나는 기분이 언짢은 공녀 전하의 입가를 틀어막았다.

눈으로 '이거 놔!' 하고 항의하지만 무시한다.

"애처로운 소년을 괴롭히면 안 되지―― 자기소개를 할까요? 하지만."

나는 연푸른색 머리카락의 소년에게 윙크해 보였다.

"니콜로는 우리가 누군지 알고 있죠?"

"!" "니콜로 도련님."

혼혈 엘프 메이드 아가씨가 걱정스럽게 소년에게 다가갔다.

"괜찮아…… 괜찮아, 투나. ……괜찮으니까."

소년은 투나 씨의 손을 빌려 일어서더니 우리를 보았다.

"『검희』 리디야 린스터 님과 『검희의 두뇌』 앨런 님. 지금까지 수많은 무훈을 쌓아온 웨인라이트 왕국의―― 아뇨, 대륙의 다음 세대를 짊어질 새로운 시대의 영웅님들. 만나 뵙게 되어 무척 영광입니다."

"!"

나는 놀라 눈을 휘둥그레 떴다. 난 또 리디야만 알고 있는 줄 알았는데.

손을 두드리길래 입에서 손을 떼자, 어깨와 어깨를 맞대고 우쭐거린다. ……왜 그러는 거야.

"절 알고 있다니, 놀랍군요."

"형이 여러분을 주목했고 자주 왕도에서 편지가 왔거든요."

"호오." "흐~음?"

의외다.

리디야가 팔꿈치로 찔러 와 헛기침을 했다. 판명된 사실을 전한다.

"어흠――. 신디 씨가 조금 전 습격자 중 한 사람에게 마법으로 '물어본' 결과 남부 6개 후국 중 한 곳인 카니엔 가문을 섬기는 자였다는 모양입니다. 무장에도 『검은 장미와 세검』의 문양이 새겨져 있었으니 틀림없을 겁니다. 짐작 가는 게 있나요?"

후국 연합을 구성하는 남부, 북부의 후국과 후왕의 피를 이은 가문들의 문장은 대륙에서도 유명하다.

남부라면 '검은 장미'. 북부라면 '흰 장미'.

후왕의 피를 이은 가문들이라면―― 과거에 물의 도시에서만 피었던 '파란 장미'.

이것들에 각각 가문의 시조가 잘 다루었던 무기들을 더한 것이라 판별이 쉽다.

"카니엔요……? 아뇨, 전혀……."

니콜로는 진심으로 곤혹스러워하며 투나 씨를 보았다.

미소녀 메이드도 마찬가지로 비슷한 표정. 소년이 자신의 생각을 읊었다.

"린스터와 개전한 이후로 연합 내부와 물의 도시 뒤쪽에서 움직임이 있다는 건 알고 있습니다. 하지만…… 절 납치한다 해도 의미를 모르겠어요. 가치가 없어요."

"그건 무슨 뜻이죠?"

"니콜로 도련님!" "괜찮아, 투나. 고마워."

그저, 오로지 그를 걱정해 주는 메이드 아가씨를 손으로 제지하고 소년은 담담히 고했다.

"저는 서자거든요. 인질로 삼을 가치는 없지 않을까요. …… 일족의 짐짝 취급이고요."

고서 얘기를 할 때와 달리 노인처럼 체념한 눈동자.

고개를 숙이고 진심으로 사과했다.

"미안합니다. 말하기 껄끄러운 걸 물어보고 말았군요."

"아, 아뇨, 어느 정도 신분이 되는 사람이라면 다들 알고 있어서요……."

"이해가 안 가네."

리디야가 끼어들었다.

"그러면 녀석들은 왜 널 노린 거야? 우리와의 관계에 대한 의견의 차이가 있고 네가 서자라지만, 동격인 후작가 사람을 납치하려 들다니…… 제정신으로 벌일 짓이 아니야. 카니엔 후작은 바보야?"

"칼라일 카니엔 후작은 물의 도시 마법 학원을 졸업하신 이후로 선대 후작의 따님과 결혼, 후국을 계승해 내정을 살피는데 그 재능을 증명하셨다고 들었습니다."

투나 씨가 자세히 설명해 주었다.

물의 도시 마법 학원은 오랜 역사를 지닌, 대륙에서 손꼽히는 명문 학원이다.

카니엔 후작은 무언가 이유가 있어서 습격에 나섰을 터——니콜로 일행에게 확인했다.

"아까 '아틀라에게 들켰다' 고 했죠?"

"네, 네." "충분한 거리를 두고 마법을 발동시키고 있었습니다만……."

"리디야?"

의미를 파악하고 공녀 전하가 오른손을 팔랑팔랑 흔들었다.

대정령 『염린』의 문장은 없다.

"자고 있어. 아틀라에게 물어보는 게 빠르겠는걸. 그리고——올 거야."

"그런가 보네."

"네?" "도련님, 물러서세요!"

니콜로는 당황한 반면, 투나 씨는 어린 주인 앞으로 돌아 나섰다.

복도에서 쿵쾅거리며 걷는 소리가 들려오다가, 문 앞에서 멈췄다.

천천히 열리는 도중, 충고한다.

"무기를 들고 들어온다면 우린 후국 연합을 적이라 판단하겠습니다. 하지만…… 그럴 생각은 없죠?"

"바보 같은 질문이군. 우리는 영원한 평화를 원한다. 전쟁 따윈 벌이가 안 돼."

낮은 목소리가 들리며 문이 완전히 열렸다.

성큼성큼 방으로 들어온 것은, 심각한 표정의 남자.

나이는 나와 리디야보다도 많다. 20대 전반쯤이리라.

살짝 길고 백발이 섞인 연푸른색 머리카락. 안경 뒤로 보이는 눈동자가 날 날카롭게 노려본다.

외투는 걸쳤지만, 머리카락은 흐트러졌고 축축이 젖었다.

니콜로가 숨을 삼켰다.

"여기엔 왜?"

그에게 있어선 남자가 나타난 것이 생각 못 한 사건인 모양이다.

여전히 사람이 서투르구나.

나는 일부러 그러듯이 물었다.

"니콜로의 형님 되시는 분이라 뵙습니다. 이름을 알려주실 수 있을까요?"

남자는 더더욱 씁쓸한 듯이 얼굴을 구겼다.

내가 이름을 일부러 물어봤다는 것을 이해하고 있는 것이다.

눈보라가 휘몰아치는 듯한 어조로 이름을 댔다.

"니케 니티다. 『검희의 두뇌』와 『검희』. 전부 설명해 줘야겠다."

강한 의지와 혐오가 담겼다. 왕립 학교 시절이 떠오르는걸.

내가 속으로 쓰게 웃고 있자, 니콜로가 몸을 떨며 외쳤다.

"혀, 형! 두, 두 분은 절 구해주시려고——."

"입 다물어라, 멍청한 동생 놈아! 네놈 의견은 묻지 않았다. 어서 저택으로 돌아가 얌전히 있어라. 투나, 네년의 감시 책임이다. 우리 가문과 솔레비노가 거둬준 은혜를 잊었느냐!"

"죄, 죄송합니다."

"투, 투나는 잘못 없어요! 모든 벌은 제가 받겠습니다!"

"잘 들어라. 날 너무 화나게 하지 않는 게 좋을 거다……."

니케의 몸에서 노기와 마력이 뿜어져 나오며 마법식이 전개, 실내를 위압한다.

"힉!"

소년은 몸을 떨며 의자에 주저앉았다.

그리 시간도 없기에 나는 손가락을 튕겨 마법식을 분해했다.

""!"" "쯧."

니콜로와 투나 씨가 놀라고 니케가 혀를 찬다.

"투나 씨, 니콜로는 피곤한가 봅니다. 파올로 씨께 말해놨으니 옆방에서 쉬게 하세요."

"네? 아, 알겠습니다."

"이 자식이! 무슨 권한으로—— 윽?!"

리디야가 순식간에 니케의 뒤로 돌아 들어갔다. 반론을 허락지 않는 어조로 명령한다.

"——넌 마력으로 우릴 위협했어. 난 딱히 적대해도 상관없거든?"

니케가 이를 악물며 입을 다물었다.

투나 씨에게 눈짓한다.

"네, 넷!"

미소녀 메이드는 떨고 있는 자신의 주인과 함께 방을 나섰다.

——문이 닫히는 것을 확인하고 방음 마법을 다시 건다. 니케에게 충고했다.

"지금 그들을 니티 저택으로 되돌리는 건 위험합니다. 날이 밝을 때까진 여기 머무르는 게 무난할걸요? ——물론 당신도요."

"……."

잠시 침묵한다. 자신이 가지고 있는 정보와 상황을 합쳐 숙고하고 있는 것이리라.

이윽고—— 니케의 이마에 주름이 떠올랐다. 간신히 말을 쥐어짜 낸다.

"이곳은 물의 도시다. 도시 안에서 피를 흘리는 것은 금기야."

『물의 도시 안에서 전투 행위를 벌이는 것을 원칙적으로 금한다.』

약 천 년 전 정해져 지금에 이르러선 금기로 변모한 규칙이라고 책에서 읽었다.

왼손을 휘둘러 호텔 주변을 경계시키던 마법 생물인 작은 새들과 정보를 공유했다.

비가 옴에도 불구하고 어둠 속을 이동하는 무장한 집단의 그림자.

"하지만—— 이미 일이 터진 모양입니다. 뒤따라왔군요."

"포위당했거든? 숫자는 대충 100이려나?"

"윽?!"

나와 리디야의 지적에 니케는 경악했다. 자신의 실수에 이를 간다.

——말과 태도는 엄하지만, 이 사람은 동생을 소중히 생각하고 있다.

기쁜 마음에 리디야를 놀렸다.

"아깝다. 107명이야. 쓰고 있는 마법식이 아까랑 똑같으니 카니엔 후작가 부대고. 지금은 성령교 이단 심문관은 없네."

"거의 맞췄잖아. 내가 이겼어!"

"어느새 이기고 지는 게 된 거야?"

얼이 빠진 차기 니티 후작을 내버려 두고 리디야와 티격태격한다.

"네놈들…… 네놈들은…… 게다가, 성령교 이단 심문관, 이라고……?"

니케는 말을 잇지 못하고 우리를 노려볼 뿐이다. 표정을 다잡았다.

"적이 노리는 건—— 니콜로 니티죠. 곧 쳐들어올 겁니다. 이 호텔도 원래는 중립 지대죠? 그럼에도 불구하고 이렇게 강압적인 행동을 벌였어요. 그들은 초조해하고 있습니다. 겉으론 린스터와의 강화 협정에 방향성이 보이기 시작했으니까. 하지만…… 이렇게까지 혈안이 된 건 이상합니다."

"……어쩔 셈이냐."

나는 어깨를 으쓱였다.

"날아오는 불똥은 털어내야죠. 성령교 사람들에겐 물어보고 싶은 것도 있거든요."

*

"근데 말야~."

마법 생물인 작은 새를 늘리고 있는데 소파에 늘어져 쿠션 속에 파묻힌 리디야가 말을 걸어왔다.

니케는 '……파올로와 얘기하마.' 라고 말하곤 나가버렸다. 방 안에는 우리밖에 없다.

바깥의 빗줄기가 조금씩 강해지고 있었다.

기습을 걸기엔 절호의 밤인걸.

"꼬맹이랑 엘프 메이드는 둘째치고…… 저 남자는 믿을 만해?"

"넌 어떻게 생각해?"

"질문에 질문으로 대답하는 거 금지~."

불만과 삐짐이 섞인 중얼거림을 흘리며 자기 옆자리를 두드렸다.

커튼을 닫고 옆에 앉자 붉은 머리 공녀 전하가 내 배를 껴안았다.

"어허~." "의욕 충전해야 한단 말야! 쓰다듬어줘! 쓰다듬어

줘!! ……쓰다듬으라고.”

얘도 참.

머리를 다정히 쓰다듬자 리디야는 만족스럽게 표정을 풀었다.

“긴장감이 없는 거 아냐?”

“그냥 적당히 풀어진 거야. 물어본 거, 대답은?”

리디야가 몸을 돌려 날 바라보았다. 솔직하게 대답한다.

“전시 중. 게다가 전황은 좋지 않지. 부통령을 맡고 있는 니티의 적자쯤 되면 눈코 뜰 새 없이 바쁠 거야. 그런데도…… 동생의 위기라 듣고 그는 찾아왔어. 일을 모두 내팽개치고, 우산도 쓰지 않고, 머리는 흐트러진 채 예복이 젖는 것도 개의치 않고. 아까 마법 봤어? 화를 내면서도 니콜로와 투나 씨가 말려들지 않도록 세심한 주의를 기울였어.”

정치라는, 진흙탕 같은 세상에 몸을 두었지만, 그럼에도 그의 본질은 왕립 학교 시절에서 변하지 않은 모양이다. 단언한다.

“니케 니티는 믿을 만한 사람이야. 그는 무엇이 가장 중요한지를 알고 있지.”

“……그래?”

리디야가 삐진 표정을 지었다.

그리고 손을 뻗어 내 볼을 붙잡더니 입술을 비죽였다.

“이름뿐인 동기를 참 열심히도 칭찬하네? ……난 칭찬 안 해 주면서!”

당시 우리와 그 사이에 접점은 없었다. 리디야는 얘기를 나눈 적도 없으리라.

나도 얘기를 나눈 건 졸업식, 그 순간뿐.

하지만—— 나는 기억하고 있다. 그를. 그의 말을.

『남에게서 받은 은혜를 잊지 말거라.』 알고 있어요, 아버지.

붉은 머리를 천천히 쓰다듬었다.

"계속 칭찬했던 것 같은데 말이지."

"부족하단 말야~~~. ……있잖아, 일어서 봐."

말하는 대로 일어서자, 가슴에 머리를 밀어붙인다.

"——네가 믿으면 나도 믿을 거야. 하지만 적대 행동에 나서면 용서 안 해. 난 너의…… 앨런만의 『검』이니까."

"몇만 번이든 말하겠지만, 난 칭찬하면 기쁘게 웃는 공녀 전하가 더 좋은걸."

"공녀 전하, 금지~."

시선을 맞추고 서로 웃는다. 그곳에 두려움은 전혀 없다.

원형 테이블 위의 회중시계를 리디야에게 건넸다.

——따스한 아버지의 마력.

겉뚜껑 안쪽에는 수호 부적이 담겨 있다.

"물의 도시 내부 정세는 혼란에 빠져 있어. ……하지만."

"성령교 녀석들의 목적은 니티네 꼬맹이지."

나는 고개를 끄덕이고 자신의 회중시계도 손에 들었다.

상황을 생각해 보면, 니콜로는 아틀라 같은 존재와 친화성이 높다.

즉, 거기서 추론되는 답은…….

"무언가의 의식에 사용할 촉매의 재료로서 '그'를 원하고 있는 거야. 카니엔은 둘째치고 성령교 이단 심문관이라면 그런 더러운 짓을 아무렇지도 않게 하겠지—— 일단 『구호(□狐)』도 줄게."

공간에서 마검을 꺼내 리디야에게.

나도 마의 지팡이 『은화』를 손에 든다. 오른손의 반지가 빛을 발했다.

마검을 받아 든 붉은 머리 공녀 전하가 표정을 다잡고 떨어졌다.

"나도 아바시크에서 붙어봤어. 하지만 문제없어. 왜냐하면."

리디야는 그 자리에서 빙글 돌고는 기쁜 듯이 웃었다.

"내 옆에는 네가, 네 옆에는 내가 있잖아? 질 것 같아?"

볼을 긁적인다. 이런 점은 당해낼 수가 없다.

"신기하지. 전에는 싸우는 게 좀 더 무서웠는데 지금은 괜찮아. 알잖아? 난 무력한 평화주의자니까."

"——바보야."

불쑥 다가와 내게 검지를 들이댄다.

"조금 더 멋있게 말해야 하는 장면 아냐? 자, 다시!"

"……하아."

한숨을 쉬고 리디야 앞에 한쪽 무릎을 꿇었다.

기사가 공주에게 하듯이 선언한다.

"——리디야, 네가 옆에 있어 주었기에, 그야말로 난 용기를 쥐어짜 낼 수 있어. 고마워, 내 옆에 있어 줘서. 진심으로 고마워. 우린 미숙하지만."

고개를 들어 행복해 보이는 소녀에게 맹세한다.

"둘이라면 무적이야. 난 그렇게 굳게 믿고 있어. 분명, 너보다도 더."

손이 이끌려 그 자리에서 일어서자 리디야는 내 품 안으로 뛰어들었다.

귀와 목덜미를 붉히며 소녀가 작게 중얼거린다.

"——합격인 셈, 쳐 줄게."

"그거 고마운걸."

등 뒤로 손을 둘러—— 마력을 더욱 강하게 연결한다.

리디야가 몸을 흔들며 눈을 치뜨곤 날 바라보았다.

"키스, 는?"

"안 되거든요."

"쩨쩨해! 물의 도시에 있는 동안 꼭 덮쳐줄 거야!"

"장난이 지나치십니다, 리디야 린스터 공녀 전하."

"흥이다! ……움직이기 편한 옷으로 갈아입을게. 신디를 불러줄래?"

쓰게 웃으며 손을 떼고 방 입구로 향하다가—— 돌아보곤 이름을 불렀다.

"리디야."

"응~?"
아무렇지도 않은 듯이 약속한다.
"어서 정리하고 생일엔 옛 성당에 가자."
"――응."
나의 아가씨께선 수줍게 미소 짓고 부끄러운 듯이 고개를 끄덕였다.

복도로 나와 옆방을 노크한다.
"네~에." "앨런입니다."
아트리움 쪽에서 니케의 목소리가 들려왔다. 증원을 부르려는 모양이다.
손에 천을 든 신디 씨가 고개를 내밀었다. '얘기' 는 끝난 듯싶다.
"앨런 님♪ 무슨 일이세요?"
"리디야가 갈아입는 걸 도와달라더군요."
"알겠습니다♪ 들어가세요."
방 안으로 들어가자, 소파에서 사키 씨가 아틀라를 무릎에 누이고 있었다.
신디 씨가 두 손을 마주 잡았다. 양쪽 허리엔 칠흑색 검집에 담긴 단검.
모양으로 보아…… 암살용이다.
"에헤헤♪ 물의 도시 주재 업무는 평소엔 심심해도…… 아틀라는 귀엽고, 리디야 아가씨의 옷 시중도 들어드릴 수 있고 앨런 님은 메이드대에 난 소문 이상으로 무척 좋은 분이셨고, 진짜 여기 있길 잘했어요. 감사합니다!"

"아뇨, 저희야말로 신세를." "——신디."

사키 씨가 동료 메이드 아가씨의 이름을 불렀다. 눈동자에는 희미한 비난이 서렸다.

큰 목소리를 내면 아틀라가 깬다며.

신디 씨는 '미안!' 하고 사과하는 동작을 하곤 내게 묵례했다.

그리곤 조용히 문을 닫고 나갔다.

소파로 다가가 마음을 놓고 잠이 든 어린 소녀를 들여다보았다.

미인 메이드 아가씨가 조용히 입을 연다.

방 안에는 기습을 받아도 대처할 수 있도록 몇 겹에 걸쳐 마법 장벽을 펼쳐놓았다.

"질문드려도 괜찮을까요?"

"제가 대답해 드릴 수 있는 거라면 얼마든지요."

베테랑 마법사이기도 한 사키 씨의 아름다운 눈동자가 흔들렸다.

어린 소녀의 머리카락을 만지며 물음을 입 밖으로 꺼낸다.

"어떻게—— 만난 지 얼마 되지도 않는 저희에게 아틀라 아가씨를 맡기신 거죠? 위해를 가할 것이라곤 생각하지 않으셨나요?"

"당신들이요? 그건 있을 수가 없죠."

"이유를 여쭤봐도?"

리디야의 마력이 널뛴다. 신디 씨가 놀리고 있는 것이겠지.

"아틀라는 사람의 선악에 민감하거든요. 당신들이 정말 조금이라도 해치겠다고 생각하고 있다면 그렇게 따르진 않습니다."

빗소리와 멀리서 들려오는 천둥소리. 아틀라가 뒤척인다.

"또—— 전 린스터 공작가 메이드 분들을 믿고 있어서요. 여러분은 강한 양식이라는 심지를 공통으로 지니고 계시죠. 어린 소녀를 해치겠다는, 그런 생각은 하신 적도 없죠?"

"……감사, 합니다."

미인 메이드 아가씨가 말을 쥐어짜 냈다. 쑥스러운지 머리카락의 깃털이 흔들린다.

나는 이름도 모르는 은인을 떠올렸다.

"하나 더."

사키 씨가 고개를 들고 날 바라보았다.

투명한 눈동자도 똑 닮았구나.

"왕립 학교에 다니던 시절, 전 당신과 같은 눈동자를 가진 새족 여성에게 도움을 받은 적이 있죠. ……리디야에겐 비밀로 해주세요? 삐지면 고생이라."

"——네."

리디야의 마력이 진정을 되찾았다. 다 갈아입은 모양이다.

아틀라의 보드라운 하얀 머리카락을 쓰다듬고 방을 나서려던 중——.

"앨런 님."

새족 미인 메이드 아가씨가 앉은 채로 자세를 바로 했다.

"당신께선 소문과 다름없는…… 아뇨, 소문을 월등히 뛰어넘는 분이셨습니다. 저도 신디도…… 물의 도시에 머무르는 메이드들에겐 모두 '성씨' 가 없습니다. 어떤 자는 고아 출신이며 어떤 자는 이민족, 어떤 자는 수인이기 때문이죠. ——그렇기에, 그렇기에!"

——한 줄기 눈물이 볼을 흘렀다.

" '리디야 아가씨의 마음을 구해주신 건 성씨 없는 늑대족 양자라고 한다' ——그 이야기를 들었을 때 저희는 환희하며 울었습니다. 그때 느꼈던 마음의 떨림을…… 지금도 선명히 떠올릴 수 있습니다."

사키 씨는 눈물을 닦으려 하지도 않고 날 바라보았다.

"당신께선 왕국에서 머나먼 곳에 있던 저희에게 희망을…… '성씨가 없더라도 더 앞으로 나아갈 수 있을지 모른다' 라는, 찬란히 빛나는 희망을 주신 거예요. 그것은 결코…… 결코, 누구나 가능한 일이 아닙니다. 부디—— 이 사실을 조금이라도, 마음속에 간직해주시기 바랍니다. 저희, 물의 도시 주둔 린스터 공작가 메이드대는 당신과 리디야 아가씨, 그리고 아틀라 아가씨를 위해서라면 목숨도 바칠 각오가 되어있습니다."

"아."

저도 모르게 울음을 터트릴 뻔해 시야가 눈물로 번졌다.

이렇게 먼 땅에도 날 평가해 주는 사람들이 있었다.

눈가를 훔친다.

"감사합니다. 하지만, 목숨은 소중히 해주세요."

"――네."

사키 씨는 아름다운 미소를 돌려주었다.

"뭘…… 하고 있는 거야……?"

""?""

갑자기 등 뒤에서 리디야가 나타났다. 『흑묘유보』로 전이했구나?!

붉고 하얀 검사복으로 갈아입고 허리에는 마검을 찬 공녀 전하가 날 껴안았다.

평소 옷에는 린스터의 문장이 들어가 있어서 일부러 준비한 모양이다.

경계심을 드러낸 리디야가 외친다. 하얀 손 장갑 너머로 『염린』의 문장이 깜빡였다.

"사키! 이 녀석은 절대 안 줄 거야!!"

"! ?!"

자고 있던 아틀라가 눈을 뜨고 두리번거리며 둘러보더니.

"……♪"

나와 리디야 그리고 사키 씨를 보곤 다시 눈을 감았다.

파트너를 나무라려다가―― 작은 새들이 호텔 앞으로 다가오는 다수의 그림자를 확인했다.

"리디야!" "그래!"

복도에선 신디 씨가.

"경계 태세!" 『네!』

메이드 아가씨들에게 날카롭게 명령을 내리고 방 안으로 들어왔다. 상황에 대한 내 인식을 전해둔다.

"오늘 밤은 긴 밤이 될 겁니다. 유사시엔── 저와 리디야도 가세하겠습니다."

"그때는 아틀라를 부탁할게. 목숨을 바쳐서라도! 그런 생각하면 안 된다? 이 녀석 설교, 엄청나게 무서우니까!"

사키 씨는 리디야의 말에 눈가에 미소를 어렸다.

"네." "앗!"

사키 씨가 웃는 걸 보고는 신디 씨가 놀라며 기뻐했다.

두 사람은 자세를 바로 했다.

"아틀라 아가씨의 수호는── 린스터 공작가 메이드대 제6석, 사키."

"마찬가지로 신디와 물의 도시 주둔 메이드대에게 맡겨 주세요!"

""리디야 아가씨, 앨런 님, 무운을 빕니다!""

*

"카니엔 후작! 이게 대체 무슨 짓입니까! 물의 도시 안에서 군대를 움직이다니, 제정신이라곤 생각할 수 없군요. 무슨 생각을 하시는 겁니까!"

아래로 보이는 호텔 입구에서 니케의 노성이 울려 퍼졌다.

대치한 것은 젖은 군용 외투를 걸친 황갈색 머리카락의 청년이다.

뒤로는 수십 명의 무장한 병사들. 모습이 심상치 않다.

"혀, 형……."

방에서 나온 니콜로는 아래로 보이는 광경에 얼굴이 파랗게 질렸고 투나 씨는 흙 속성 방어 마법을 자아내고 있다.

옆에 있는 리디야가 입을 열었다.

"카니엔…… 남부 여섯 후작 중 한 사람이야."

"서두르자."

공녀 전하의 손을 잡고 바람 마법을 발동. 1층의 대화를 들으며 중앙 계단을 내려간다.

카니엔 후작이 입을 열었다.

『니케 니티 공. 의사당에 틀어박혀 계신다고 들었습니다만.』

온화한 어조. 되레 꺼림칙하다.

니케에게서 반 발짝 뒤에 선 파올로 씨가 결연히 앞으로 나섰다.

『카니엔 후작 각하, 본 호텔의 지배인을 맡은 파올로 솔레비노라고 합니다. 이런 밤늦은 시간에…… 거기다 무장한 자들과 함께 무슨 일인지요?』

병사들이 알기 쉽게 주눅이 든다. 사기가 높지는 않은 모양이다. 점점 1층이 가까워지기 시작했다.

카니엔은 허풍스럽게 두 손을 움직여 설명했다.

『갑작스러운 방문은 사과드리죠. 이 호텔에 외국의 밀정이…… 그것도 국가 기밀을 노리는 위험인물이 숨어들어왔다는 정보가 있어서 말입니다. 간과할 수 없다고 판단했습니다.』

『그런 억지를…… 본 호텔에 그런 손님은 계시지 않습니다!』

허울 좋은 변명에 파올로 씨가 일갈했다.

평소에 보여주던 노 지배인의 얼굴을 벗어 던지고 카니엔 후작을 엄히 꾸짖는다.

『현재 국가가 어려운 상황 속에 처해 있으니 의견에 차이야 발생할 수는 있지요. 하지만——.』

2층에 도착했다. 이제 바람 마법은 필요 없을 것이다.

파올로 씨의 격정 어린 요구가 귓전을 때렸다. 뒤에선 종업원들이 마른침을 삼키고 있다.

"검으로 의논에 나서는 건 후국 연합의 전통에 반하는 일이라 감히 말씀드립니다. 돌아가시기 바랍니다!

"……니케 공도 동의하시는지?"

"물의 도시 안에서 이렇게 제멋대로 일을 벌이는 게 용서되리라 생각하십니까? 내 동생을 노린 어리석은 행동이라면 더더욱. 니티는 가족을 버리지 않습니다."

"그래. 원만히 끝내고 싶었다만."

카니엔 후작이 왼손을 들어 올렸다. 외투 가슴께에서 파란 예복이 엿보인다.

병사들이 일제히 세검과 마의 지팡이를 뽑아내 마법을 자아내기 시작했다.

"칼라일! 멈춰라!! 이러다간 돌이킬 수 없어!!!"

니케가 예의 바른 태도를 던져버리고 외쳤다.

하지만 후작은 차갑게 병사들에게 명령했다.

"——돌입해 호텔 안에 있는 모두를 구속하라."

『예!』

대열이 앞으로 나아가 니케와 파올로 씨에게 다가간다.

나는 파트너에게 윙크했다.

"자—— 갈까? 리디야."

"그래. 주역은 나중에 등장하는 법이니까."

어깨를 으쓱이고—— 우리는 2층에서 1층으로 뛰어내렸다.

"아니?!" "거, 검이." "이럴 수가!" "불타는 깃털?!" "다, 다리가! 아, 안 움직여!"

병사들의 세검이 하나같이 리디야의 불꽃에 잘리며 바닥에 꽂힌다.

나는 착지와 동시에 얼음 속성 초급 마법 『빙신조(氷神鳥)』를 발동.

병사들의 다리를 얽어 포박해 움직임을 멈춘다.

뒤로 물러서 마법을 회피한 카니엔 후작의 눈에 똑똑히 고충이 서렸다.

당당히 선 리디야를 바라보며 말을 뱉는다.

"그 불꽃 같은 붉은 머리. 린스터에 속한 자냐! 니티는 이미……."

"아니야." "아니거든요."

니케와 나는 동시에 부정했다.

몰래 바깥의 작은 새를 통해 위층의 사키 씨 일행에게 신호를 보내둔다.

옆에 선 리디야가 깔보는 태도로 후작을 야유했다.

"머리색만으로 단정 짓겠단 거야? 아쉽지만—— 사람 잘못 봤어."

하얀 장갑을 낀 오른손을 팔랑거리며 붉은 머리 소녀가 이름을 댔다.

"내 이름은 리디야 앨번. 그저 이 호텔에 묵고 있는 관광객일 뿐이야. 이게 대체 무슨 소란이지? 물의 도시에선 이런 늦은 밤에 병사가 들이닥치는 전통이라도 있어?"

"네 이놈!" "기다려라!"

부대장인 듯한 장년의 남성이 격앙할 뻔한 것을 후작이 제지했다.

"실례했다. 내 이름은 칼라일. 카니엔의 후작이다. 소란을 일으킨 것은 사과하지. 하지만 이것은 후국 연합 내부의 문제다. 얌전히 있으면 위해는 가하지 않으마."

"그럴 수도 없겠는데. 난 너희가 다투는 건 아무래도 좋지만."

"우린 당신들의 동료가 습격한 니콜로와 아는 사이거든요. 그를 해치는 걸 잠자코 두고 볼 순 없는 노릇이죠. ……애당초."

상층부에서 요란한 굉음이 들려온다.

이어서 유리 파편이 쏟아지며—— 남자의 비명이 울랐다.

4층 층계참의 난간이 검은 채찍과 예리한 칼날에 조각나며 1층으로 떨어지는 가운데 나는 쓰게 웃었다.

"겉으론 달콤한 소릴 하며 뒤로는 습격을 꾸미는 사람과 교섭이 성립할 것 같진 않군요."

"기, 기습 부대가 이미 들켰던 거냐?! 가, 감지당했다는 조짐은……."

적 부대장이 평정을 잃었고 병사들은 필사적으로 구속을 풀려 한다.

고충 띤 표정으로 후작이 허리의 세검에 손을 댔다.

"……어쩔 수 없지."

"칼라일, 물러서라! 귀공이라도 그 두 사람은 이길 수 없어!"

니케의 필사적인 호소에도 개의치 않고 후작이 세검을 뽑았다.

——물의 마력.

『구호』와 린스터의 보검인 『진주』에는 미치지 못하지만, 마검의 일종인가.

"니케. 이건 필요한 행동이다. 통령이 물의 도시를 떠나 린스터 측과 접촉하면 강화는 이루어질지 모르지. 그렇게 되면 어떠한 굴욕적 강화 조건이라 해도 많은 자들은 금세 잊을 거다. 우린 계속 싸워야만 해."

"얼토당토않은 소릴! 그 조건을 갖추는 것이야말로 우리의 책무가 아니더냐!!"

니케가 미간에 주름을 새기며 필사적으로 호소한다.

——바깥의 작은 새들이 옥상 테라스에서 침입을 꾀하려는 새로운 적 기습 부대를 포착했다.

마력의 연결을 강화하고 있어서 리디야와도 즉각 정보 공유가 이루어진다. 후작이 담담히 고했다.

"연합은 변해야만 해. 그러기 위해서는—— 지금, 피 조금과 귀공의 동생이 필요하다."

"왜 니콜로냐! 우리 가문을 협박하려는 건 아니겠지? 물 속성 극치 마법을 쓸 가능성은 있을지 몰라도 동생에게 그렇게까지 가치는…… 역사에 오명을 남길 거다!"

"상관없다. 나 자신을 직접 새로운 후국 연합의 초석으로 삼도록 하지."

"큭!"

리디야가 후국 연합 안에서도 손꼽히는 가문의 출신인 두 사람에게 차갑게 말을 뱉었다.

"아까도 말했지? ……가족끼리 의논은 마음대로 해. 하지만."

"니콜로에게 위해를 가하게 둘 순 없습니다. 성령교와 손을 잡고 무슨 짓을 꾸미고 있죠? 당신 생각대로 될 상대가 아닙니다, 그들은."

"……."

칼라일의 움직임이 멎었다. 눈동자에 서리는 희미한 망설임.

나는 마의 지팡이를 한 바퀴 휘둘렀다.

"윽!" "끄음." 『?!』

호텔 1층의 문과 창문, 천창이 굉음과 함께 깨지며 수많은 사슬이 우리와 니케를 향해 쏟아졌다.

"이미 주사위는 던졌나 보군요── 리디야!"

"응!"

니케와 파올로 씨, 칼라일 일행이 경악하는 가운데 우리는 적의 공격을 요격했다.

수많은 불꽃 깃털이 사슬 대부분을 불태워버렸고 나머지도 출현한 불타는 꽃에 튕겨 나가 바닥을 긁었다.

마의 지팡이에 발동시킨 번개 칼날이 허무하게 타닥거리는 소리를 냈다.

나는 붉게 빛나는 오른팔의 팔찌를 바라보았다.

아버지, 릴리 씨가 무슨 억지 부탁을 한 거예요?

반쯤 어이없어하고 있자, 수천 개의 사슬을 손조차 움직이지 않고 요격해 낸 떼쟁이 아가씨가 불만스럽게 팔찌를 바라보았다.

칼라일이 밖을 향해 호통친다.

"왜 공격했지! 누구 명령이냐!!"

"──제가, 저의 판단으로 내린 겁니다."

1층 현관문에서 차갑고 사람을 깔보는 불쾌한 목소리가 들려왔다.

모습을 드러낸 것은 소매와 테두리를 심홍색으로 물들인 후드 달린 순백색 로브를 입은 소녀.

키는 작고 티나네와 비슷한 정도이리라.

그 뒤로는 후드 달린 회색 로브를 입은 남자들이 몇 명.

2층 창문이 깨지고 들려오는 달리는 소리.

사슬이 중앙의 아트리움을 달리며 발판을 형성한다.

그 위에 선, 회색 로브를 입은 남자들이 머리 위에서 외날 단검을 들고 겨눈다.

칼라일이 험악한 표정으로 소녀의 이름을 불렀다.

"……이디스 공."

저 이름. 스텔라가 말했던 성령교 사도…… 소녀가 크게 웃는다.

"이제 그만해도 되지 않습니까? 시간만 아깝습니다. '제물'이 될 니티는 한 사람이지만, 저 남자의 피도 쓸모가 있지요. 기회를 놓치는 건 성녀님의 뜻에 반하는 일! ……네놈들."

소녀가 나와 리디야를 바라보았다.

――무시무시하기까지 한 증오.

"듣고 있었다. 내 앞에서 증오스러운 『앨번』의 이름을 대다니! 하지만 니티뿐만 아니라 『린스터의 저주받은 아이』의 피와 『결함품 열쇠』도 손에 들어온다면 더할 나위 없겠지. 어차피 살아있어 봤자 세상에 해만 줄 자들의 피를 유용하게 활용해 주겠단 것이니 고맙게 생각하거라! 네놈들의 더러운 피는 성녀님에 의해 세상으로 환원될 거다! 녀석들을 붙잡아라! 저항하면, 니티의 '제물' 말고는 죽여도 상관없다!"

"……도와라." 『예, 옛!』

이단 심문관들이 외투를 펄럭이며 외날 단검을 뽑아 들었다.

얼음 덩굴 마법을 해제한 병사들도 후작의 명령을 받아 무기를 고쳐 들었다.

——『린스터의 저주받은 아이』라고.

나는 마의 지팡이를 재차 거머쥐고 앞으로 나섰다.

"저런~……." "파올로, 다른 이들도 움직이지 마라." "예." "네, 넷."

리디야가 반쯤 기쁨 섞인 중얼거림을 흘렸고 니케가 파올로 씨 일행을 손으로 제지했다.

"이것저것 물어보고 싶은 것도 있지만…… 제 앞에서 그 말을 뱉는 건 간과할 수 없군요!"

강하게 물미로 바닥을 찌르자—— 호텔 전체가 크게 흔들리며 기울었다.

『?!!!』

바닥을 꿰뚫고 이단 심문관과 후작 일행에게 식물 가지가 덮쳐들었다.

1, 2층의 이단 심문관, 병사들을 옴짝달싹 못 하게 가지로 얽어 구속한다.

리나리아에겐 도저히 미치지 못하지만, 식물 마법을 공격에 이용하는 건 집단에 효과적이다.

위력도 너무 넘쳐 조정이 필요하겠는데—— 리디야가 손가락으로 공중을 가리켰다.

"도망쳤어."

사도는 순간 사슬을 타고 공중으로 도망치더니 가지를 꺼림칙한 흑회색 광선으로 찢어 갈기며 2층 계단 난간에 내려섰다.

칼라일과 부대장, 병사 몇 명도 공격을 견뎌내고 후퇴하고 있다.

이디스의 입가에 경련이 인다.

"이, 이 마법…… 설마, 마녀의……."

"——빈틈투성이군요."

시제 2속성 상급 마법 『천풍비도(天風飛跳)』로 소녀와의 거리를 단숨에 좁혀 마의 지팡이를 휘둘러 내렸다.

——격렬한 금속음.

번개를 두른 마의 지팡이가 흑회색 방패를 찢었지만, 칠흑색 단검에 가로막혔다.

"윽?!!!"

신음을 흘리는 사도보다 아래쪽 계단에 착지. 마법을 자아내며 논평한다.

"'이디스'라는 이름. 심홍색으로 테두리를 두른 하얀 로브 차림에 손에 든, 검은색으로 물든 외날 단검. 흑회색 빛의 방패까지 사용하는 소녀—— 당신이 로스트레이에서 골룡을 소환하고 금기 마법 『고골망몽(故骨亡夢)』까지 썼다는 성령교의 사도군요?"

소녀의 위쪽 계단으로 리디야가 도약.

일부러 그러듯이 천천히 마검 『구호』를 뽑아나갔다.

"사도는 멍청하더라. 누굴 가장 화나게 해선 안 되는지 몰라서 그래?"

"……."

이디스는 입을 다물었다.

오른발을 희미하게 움직이려다가――.

"~~~윽!!!"

나와 리디야가 동시에 쏜 빛 속성 초급 마법 『광신탄(光神彈)』의 폭풍을 맞고 소리 없는 비명을 지르며 필사적으로 흑회색 방패를 생성해 내 계속 버틴다.

――대마법 『광순(光盾)』, 『소생』의 열화판.

파편이 흩날리며 시야를 방해하길래 마법을 멈추자, 1층의 칼라일이 외쳤다.

"……귀공, 대체 정체가 뭐냐! 평범한 자는 아닐 터!!"

돌아보고 어깨를 으쓱인다. 돌려줄 대답은 하나뿐이다.

"저 말인가요? 단순한 일개 가정교사――."

"웨인라이트 왕국의 최고 마법사……『검희의 두뇌』다!"

말을 마치기 전에 벌레를 씹은 듯한 씁쓸한 표정으로 잘라 말한 니케에게 가로막혔다.

칼라일의 눈이 휘둥그레진다.

"그 별명…… 정말로 실존했단 말이냐?!"

"각하, 퇴각하시죠! 저희만으론 대처할 수 있는 상대가 아닙니다!"

부대장이 필사적인 얼굴로 후작의 소매를 끌었다. 외투는 잃었고 푸른 예복도 찢어졌다.

리디야가 히죽 웃는다.

"조금은 아나 보네? 어쩔래? 최고 마법사 씨?"

"……하아."

당분간 놀림 받을 각오를 해야겠는걸.

4층의 층계참에서 두 메이드 아가씨가 고개를 내밀었다.

투박하고 날카로운 단검 두 자루를 든 사키 씨와 검은 채찍을 쥐고 있는 신디 씨다.

"리디야 아가씨, 앨런 님!" "제압 완료했어요~. 피해 없습니다!"

부대장과 병사들이 신음을 흘리며 목소리를 떨었다.

"! 이, 이럴 수가……." "이, 이렇게나 단시간에……." "서른여섯 명의 정예를?!"

"이 정도로 차이가 나다니. 아니…… 알고 있던 사실이다. 알고서 나는……."

칼라일은 체념을 흘렸지만── 눈동자에는 불굴의 빛이 서렸다.

위화감이 들면서도 바람 마법으로 파편을 날려 보냈다.

입가를 부들거리고 있지만, 여전히 건재한 사도에게 묻는다.

"자, 그럼 얘기를 자세히 들어볼까요."

"큭큭큭."

잠긴 웃음소리. 그곳에 절망은 없다.

동도에서 교전을 벌인 광신자 레프를 떠올리고 더더욱 불쾌해졌다.

이디스가 날 질타했다.

"멍청한 놈! 예상보다 어느 정도 이르지만…… 모든 것은 성녀님의 예언대로다! 내 이름은 이디스! 성녀님께 선택받은 영예로운 사도일지니! 『결함품 열쇠』 따위!"

"입만 열 수 있으면 되지?"

"윽!"

뛰어오른 리디야가 사도에게 가차 없이 검을 휘두르자——호텔 전체가 찢겨 나갈 듯 삐걱거렸고 커다란 충격과 흙먼지가 일었다. 순간 어두워진다.

나와 메이드 아가씨들이 수많은 조명 마법을 발동시켰다.

——식물 마법으로 붙잡은 병사들은 그대로 있군.

이단 심문관들은…… 찢어진 팔다리가 굴러다니며 재가 되어 간다.

억지로 탈출했나. 칼라일 일행도 없다.

리디야가 짜증 난다는 듯이 불타는 깃털을 날리며 말을 뱉었다.

"쯧. 도망치는 거 하나는 빠르네!"

"전이 부적이야. 작은 새를 붙여놨어. 쫓자."

"그래!"

리디야는 곧장 대답하고 불타는 날개를 형성했다.

니콜로와 투나, 그리고 사키 씨와 함께 아틀라도 얼굴을 보였다.

"사키 씨, 신디 씨, 저희가 돌아올 때까지 경계는 엄중히! 투나 씨, 니콜로를 잘 부탁합니다. 파올로 씨, 니케! 붙잡은 사람의 조치는 맡겨두겠습니다."

"""네!""" "알겠습니다." "……."

메이드 아가씨들은 입을 모았고 파올로 씨는 공손히 고개를 숙였으며 니케는 말없이 날 노려보았다.

"가자!"

리디야가 손을 잡길래 보조 바람 마법과 부유 마법을 발동시켰다.

상승하자 사키 씨에게 달라붙어 걱정스러워하는 아틀라와 시선이 맞았다.

——어린 소녀와 마력이 이어지고 반지가 반짝인다. 어?

"앨런. 무섭고 슬픈 귀신이 있어. 조심해."

"무서운 귀신?"

나는 공중에서 리디야에게 눈짓을 보냈다.

사도의 실력은 조금 전 전투로 헤아렸다.

『광순』, 『소생』과 같은 비장의 수도 봤고 골룡과 금기 마법의 정보도 가지고 있다.

하지만—— 방심하지 않도록 해야겠는걸. 우리는 어린 소녀에게 고개를 끄덕였다.

"고마워, 아틀라." "조심할게."

"……응."

어린 소녀에게 손을 흔들고—— 직후, 리디야가 급가속.

천창을 통해 어둠이 펼쳐진 물의 도시로 날아올랐다.

*

밤의 장막이 내려와 정적에 휩싸인 물의 도시를 리디야와 내가 날아간다.

조금 전까지 내리던 비는 멎어 구름 틈새로 꺼림칙한 붉은 달빛이 내려오고 있었다.

『붉은 달이 뜬 밤엔 밖에 나가면 안 된다. 무시무시한 마녀와 흡혈귀가 찾아오니까.』

어릴 적에 아버지가 가르쳐준 전설을 떠올렸다.

대운하, 거미집 같은 수로, 수많은 돌다리, 건물―― 중앙 섬의 『대의사당』, 『바다를 가르는 고양이정』, 북쪽의 『일곱 용 광장』과 대도서관 섬.

일회용 전이 부적을 쓰며 도망치는 사도들을 몰아넣어 간다.

도중에 둘로 갈렸으나 조금 전 전투로 이디스의 마력은 파악했다. 놓칠 우려는 없다.

이윽고 『용사의 섬』에서 움직임이 멎었다.

벽과 숲을 넘어가자―― 단숨에 시야가 트였다.

"" ! ""

우리는 눈 앞에 펼쳐진 신비로운 광경에 숨을 삼켰다.

섬 중심부는 온통 희고 검은 아름다운 꽃으로 뒤덮여있었다.

중앙에 있는 이끼 낀 석조 건물이 합동 묘소겠지.

길 군데군데 세워진 마력등이 비에 젖은 꽃들을 비춘다. 리디야가 외쳤다.

"저기 있어!"

이디스는 오로지 혼자, 합동 묘소 근처의 통로 돌바닥에 서 있었다.

"리디야!" "방심 안 할 거야!"

전장에서 이 공녀 전하만큼 믿음직스러운 존재를, 나는 모른다.

묘소에 피해가 미치지 않도록 결계를 펼치며 광장으로 들어가 후드를 깊게 쓰고 움직이지 않는 사도 앞에 내려섰다.

나는 마의 지팡이를, 리디야는 마검을 겨눴다.

"조금 전 하던 걸 계속하죠—— 얘기를 들려주셔야겠습니다."

"……."

이디스는 침묵하고 아무 대답도 하지 않으려 했다.

경계를 늦추지 않으며 말을 계속한다.

"동도. 아바시크. 로스트레이. 사영해. 그리고—— 이곳, 물의 도시."

번개 속성 중급 마법 『뇌신탐파(雷神探波)』와 다른 마법을 상공에 조용히 발동.

——숲에 복병을 심어 놓았다.

"당신네 성녀님은 뭘 꾸미고 있는 거죠? 대마법을 모아 조악품의 복제를 남발하고 촉매가 될 가능성이 큰 명가의 '피' 를 모으고자 계획을 세우고…….”

적의 숫자는 많지 않다. 도중에 이탈한 자도 있는 모양이다.

하지만 지금까지 각 전장에서 모습을 보인 마도병은 감지에 걸리지 않는다.

“왜 대정령을 원하는 겁니까? 로스트레이에서 당신이 말했다는 목적――『성녀』가 썼던 『소생』의 완전 복원을 진심으로 믿고 있다면, 제정신이라곤 생각할 수 없는데요.”

전방에 우두커니 선 소녀의 마력에 노기가 섞이며 왼쪽 볼에 점점 뱀의 문장이 떠오른다.

살의가 날 꿰뚫었다.

“닥쳐라, 결함품! 고작 네놈이 성녀님의 위대함을 이해할 수 있을 리가.”

말릴 새도 없이 불타는 흉조가 비상.

재빨리 단검을 휘둘러 100개에 가까운 내화 결계를 펼친 이디스의 뒤쪽으로 착탄한다.

업화와 거대한 충격파가 일어나고 수많은 불꽃 깃털이 꽃들을 붉게 물들였다.

――린스터 공작가의 상징, 불 속성 극치 마법 『화염조』.

여파만으로 내화 결계를 모두 날려버리고 있다.

리디야는 사도에게 마검 끝을 향하더니 차갑게 권고했다.

“――또, 더러운 말을 입에 담으면 재로 만들어줄 거야. 이 녀석에게 나쁘게 말해도 되는 건 나밖에 없어. 너한테 허락해 준 기억은 없고 그럴 예정도 앞으로 영원히 없거든. 태워버린다?”

"크! 이, 이 계집이!!"

사도는 단검을 휘둘러 가지처럼 갈라진 수많은 흑회색 칼날을 쏘려다가——.

"?! 아니……."

마법식이 얼어붙으며 스스로 무너지더니 우리에게 닿기 전에 사라졌다.

이름도 없는 얼음 속성 마법으로 요격한 나는 사도의 마법을 논평했다.

"『광순』의 열화판이군요. 제럴드에게서 유래된 건가요? 『소생』의 마법식도 심겨 있는 것 같은데…… 질리게 봤습니다. 진짜라면 몰라도 잔재를 양산한 건 이제 듣지 않아요. 사영해 안쪽에서 더 얼토당토않은 마법식도 본 터라."

이디스가 반 발짝 물러섰다. 손에 든 단검 끝을 떨며, 아우성친다.

"괴, 괴물 놈이!"

"너무하네요. 전 교수님 연구실에서 남들한테 '일반인' 이라 소개할 수 있는 유일한 남자거든요. 그렇지? 리디야."

"헛소리는 나중에 해."

파트너가 꾸짖는 와중에도 숨어있는 적이 조금씩 숲 안을 이동한다.

우리를 둘러싸듯이 진을 치고 있다.

——리디야와 리네가 아바시크에서 경험했던 때와 똑같군.

요격 준비를 하며 냉엄한 현실을 사도에게 들이민다.

"당신은 우리를 이길 수 없습니다. 자폭도 소용없어요. 제 마법이 더 빠릅니다. 항복하시죠."

"……."

사도는 완전히 침묵했다.

몸을 떨더니――.

"――크크크. 아하하하하하하하하하하하하하하하하하!!!"

밤의 묘소에 조소가 울려 퍼졌다.

가슴께에서 나무로 만든 성령교 인장을 꺼내더니 보란 듯이 보여주며 비웃었다.

"어리석기는!!! 이 내가, 성녀님께 사도로 임명받은 이 내가! 아무런 대책도 없을 줄 알았느냐!!! 라가트!!!"

"예!" 『네!』

사방의 숲에서 열 명이 채 안 되는 회색 로브들이 튀어나왔다.

각자 양손에 든 것은―― 장거리 전이용 두루마리.

차례차례 펼치자, 공간이 흔들리며 우리를 사이에 두듯이 마법진 여럿이 출현.

그것들을 통해 네모난 투구, 중갑 차림에 대형 창과 대형 방패를 든 마도병이 나타났다.

――총 열여섯!

마도병들은 대형 방패를 앞으로 내밀고 대형 창을 겨누더니 강대한 마법진을 구축하기 시작했다.

"네놈들은 날 몰아넣었다, 그렇게라도 생각했겠지? ……그러나!"

이디스가 우쭐거렸다. 입가에는 유열.

이후 쓸 마법은—— 쉽게 예상할 수 있었다.

"현실은 다르단 것이지. 『저주받은 아이』와 『결함품』아. 기억하나? 사도가 되지 못한 모자란 자들에게 맞아봤겠지? 이번엔 그 두 배지만 말이다."

사도는 라가트라 불린 남자가 이끄는 회색 로브들의 뒤로 도약했다.

단검을 들어 올리고 신호를 보낸다.

"여덟 이단용 전략 구속 결계——『팔신절신(八神絕陣)』. 두 발 몫이다! 죽어라!!!"

"리디야, 앞!" "그래!"

마도병들이 마법을 발동시키려는 찰나—— 나는 『흑묘유보』를 발동. 뒤쪽 대열 옆으로 전이했다.

상공에서 두 마리의 『빙광응(氷光鷹)』이 내려오며 마의 지팡이로 빨려 들어가 『창순(蒼楯)』이 된다.

릴리 씨가 준 팔찌의 영향인지, 지금까지보다 월등하게 선명한 얼음꽃이 춤을 추는 가운데, 나는 마의 지팡이를 내밀고 자세를 앞으로 기울였다.

지면을 박차고 2속성 복합 마법 『빙뢰질구(氷雷疾驅)』로 자신을 더더욱 가속, 돌격을 감행한다.

“윽!” “요, 요격――.”

이디스와 라가트가 마도병들에게 명령을 내리려 했으나……

느려!

푸른 방패는 소용돌이치는 송곳이 되어 가장 방어가 약한 마도병들의 측면으로 강습!!!

뒷줄의 8명을 쓰러뜨리고 얼리며 뚫고 나아가―― 그 속도 그대로 광장 중앙으로 귀환했다.

――등 뒤에 느껴지는 온기.

앞쪽 마도병들의 손에서 대형 창, 대형 방패가 잘리더니, 흘러내려 땅으로 떨어진다.

살짝 늦게 본체도 앞으로 고꾸라지며 거대한 화염이 휘몰아쳤다.

자연스럽게 미소가 흐르며 리디야에게 찬사를 보냈다.

“훌륭해!” “너도 이제 제법 좀 하는데!”

마력을 연결했기에 확실히 알 수 있었다.

지금 리디야의 마음속에 있는 것은―― 강한 환희와 안도. 절대적 자신뿐!

감정에 호응해 불타는 깃털이 붉은색에서 순백색으로 변화. 마력이 더더욱 증가한다.

반면 비장의 수를 순식간에 유린당한 이디스와 라가트는 경악했다.

“아니…….” “마, 마도병 열여섯을 마법 발동 전에 전부 해치웠다고……?!”

‘두려움을 모른다’ 고 여러 역사서에 기술된 이단 심문관들의 이마에도 진땀이 밴다.

나 자신도 제어가 어려운 전이 마법에 개량 중인 가속 마법. 나아가 극치 마법 『빙광응』을 『창창(蒼槍)』으로 초고속 발동시킨 것에 피로를 느끼고 숨을 뱉었다.

“휴우…….”

“지쳐있을 시간 없거든? 그리고…… 왜 『홍검(紅劍)』이 아닌데?! 릴리 거! 릴리 거랑 불타는 꽃이 비슷했어! 설명해!!!”

리디야가 내게 덤비며 따지고 들었다. 필사적으로 말린다.

“과, 관통력은 『창창』이 더 위고 꽃이랑 닮은 건 내 뜻이 아니라니까.”

“……나중에 설교해 줄 거야!”

회색 광선을 번쩍이며 재생을 꾀하던 앞쪽 마도병에게 리디야가 돌아보지도 않은 채 『화염조』를 때려 박았다. 흰 불꽃 속에서 글자 그대로 재가 되어간다.

내가 얼린 마도병들도 여전히 침묵 중이다. 『은빙』에서 유래한 방해식은 정확하게 유효했군.

완전히 여유를 잃은 이디스가 아우성친다.

“뭐, 뭐 하는 거냐?! 어, 어서 재생해!”

나는 마의 지팡이를 휘둘러 새로운 『빙광응』과 불타는 꽃을 현현시키고 사도에게 현실을 들이밀었다.

"아까도 말했죠? '질리도록 봤다' 고."

『?!』

이디스 일행의 눈동자에 공포가 어른거린다.

불타는 깃털과 얼음꽃 속에서 꽃들이 달빛에 붉게 물들어간다. 구름이 개고 있는 모양이다.

"자아, 질문에 대답해 주시겠어요?"

바람이 불어 이디스의 후드가 펄럭였다.

생각보다 훨씬 젊다. 스텔라의 이야기를 떠올렸다.

사도는 앨리스 씨의 말로는 늑대족 피가 절반 섞여 있대요.

"……이게 뭐가 잘못이란 거냐. 대체 뭐가 잘못이란 거야!"

어린아이가 떼를 쓰듯이 몇 번이고, 몇 번이고 땅을 발로 구른다.

"세상엔 나쁜 녀석들이 너무 많아! 그걸 성녀님께선 우려하시고…… 눈물을 흘리시며 바꾸시려는 거다! 그분은 옳아! 옳다고!! 진짜 『소생』이 완성되면 세상은 평화로워질 거야!!!"

"위험하군요." "어리석긴."

우리는 조용히 논평했다.

『성녀』라는 존재는 듣기 좋고 반론하기 어렵게 뛰어난 화술을 구사하는 걸 테지.

실제로 많은 사람을 구했을지도 모른다.

——하지만 세상은 그렇게 단순하지 않다.

모두가 죽지 않고 그저 계속 살아간다.

그런 세상에서 사람이…… 과연 '삶' 을 실감할 수 있을까.

지금은 죽은 친한 친구가 자주 했던 말을 떠올렸다.

매사엔 한도란 게 있다고 본다. 난 말야, 젤…… 동감이야.

이디스는 눈에 핏줄을 세우더니 전이 마법진을 전개. 뒤쪽의 회색 로브들도 전이해 집결했다.

마도병을 재소환하고자 마력을 쏟아부으려 손을 들었다.

"어설퍼."

리디야가 거대한 『화염조』를 현현, 앞쪽을 향해 습격시킨다.

사도들이 단검을 휘둘러 차례차례 흑회색 방패를 형성한다.

순간 맞서지만——.

"~~~윽?!" "서, 설마…… 이, 이 정도일 줄이야!"

불타는 흉조에게 집어삼켜진다.

리디야는 뒤를 돌아보더니.

"하압!"

남아 있던 얼어붙은 마도병을 마감으로 아무렇게나 벴다.

잘린 순간, 재가 되어 소실. 터무니없는 위력이다.

리디야가 징글징글하다는 듯이 말을 뱉었다.

"빨리 튀어나와. 진혼하는 자리에서 인형 같은 걸 배게 하지 마!"

맹렬한 불꽃이 흩어지며 이디스 일행이 모습을 드러냈다.

"윽……." "네, 네 이놈." 『…….』

로브는 여기저기 불에 탔고 마력도 크게 줄었다.

이디스와 라가트에겐 여전히 싸우고자 하는 의지가 보였지만, 다른 이단 심문관은 한계가 가깝다.

리디야가 한 발짝 앞으로 나섰다. 이디스 일행이 한 발짝 뒤로 물러선다.

"너희 인형들 갑옷에도 익숙해졌어. 『광순』과 『소생』이 있든, 그걸 웃도는 위력으로 베고 태워버리면 그만이야. ……참, 말해두겠는데."

붉은 머리가 더더욱 붉게 물들더니, 등에 다시 불타는 날개가 솟는다.

『화염조』가 상공에 다시 나타나, 마검으로 급강하고—— 흡수.

눈부신 하얀 불꽃을 두른 『구호』를 휘두르고 리디야가 분노를 때려 박았다.

"이 녀석만 화났다고 생각하지 말렴? ……나의 앨런을 '결함품' 이라고 깔본 죄, 아무리 죽어도 모자라. 너희는 이 자리에서 베고 태워버릴 거야. 각오해."

『윽!』

리디야의 마력이 더더욱 늘어나 사도들을 위압한다.

어쩌면 자신도 모르게 대정령 『염린』의 힘을 끌어내—— 오싹.

"!"

목덜미에 오한이 달렸다.

뭐지?

자연스럽게 묘소로 시선이 향한다.

——결계를 찢고 누군가 나온다.

그렇게나 엄중하게, 거기다 『은화』까지 사용해 발동시킨 감지 마법에 걸리지 않았다고?

핏발 선 눈으로 이디스가 로브 안주머니에 손을 찔러넣었다.

"네놈은, 네놈들은 위험하다. 너무 위험해. 언젠가 성녀님께 해를 끼칠 가능성이 있어."

두 개의 작은 유리병을 꺼내더니 높이 치켜들었다.

내용물은—— 뼈와 피인가?

이디스가 순교자 같은 표정으로 선언하려 했다.

"그렇기에! 우리는, 이 한 몸 희생해 네놈들을 막——."

"! 리디야!!" "알아!!"

말을 끝까지 듣기도 전에 우리는 온 힘을 다해 공중으로 회피했다.

직후—— 반짝이는 죽음의 광선이 공간을 찢어 갈기며 꽃들을 베어냈다.

마력등도 전부 절단되어 섬 안을 비추는 것은 불꽃뿐.

그뿐만 아니라——.

"수, 숲을 갈라버리고 벽까지?!" "이 기술은 안나의."

조금 전까지 우리가 있던 곳부터 그 너머의 물체를 모두 할퀴고 지나갔다.

피어오르는 모래 먼지 속, 무덤 입구에 그림자가 보였다.
아무 일도 아니라는 듯한 중얼거림이 묘하게 확연히 들려온다.

"——어머? 빗나갔네? 손발 한두 개쯤은 받아 갈 생각이었는데."

이 목소리를…… 나는 알고 있다.
모래 먼지가 돌풍에 날아가—— 모습이 보였다.
챙이 큰 검은 모자에서 흘러내리는, 허리까지 닿는 흑은색 머리카락.
검은 옷을 걸치고 왼손에 검은 우산을 든 여성이 날 바라보았다.
"나쁜 아이구나. 내가 충고했건만…… 슬퍼라. 몹시 몹시, 몹시 슬퍼. 그런 나쁜 아이에겐——."
구름이 걷히고—— 피처럼 붉은 달이 모습을 드러내 모든 것을 새빨갛게 물들여간다.
참극을 만들어낸 여성이 선언했다.

"벌이 좀 필요하겠는걸."

*

"앨리시아 공!"

아연히 있던 이디스가 정신을 차리고 외쳤다.

긴 흑은발을 오른손으로 만지작거리며 참상을 만들어낸 여성이 고개를 갸웃거렸다.

"——어머? 이디스. 왜 그러니?"

"왜 그러니가 아니다! 왜 내 소환을 방해했지?!"

"으~음…… 그치만……."

왼쪽 볼에 『뱀』 문장이 떠오른 채 성을 내는 사도에게 여성은 검은 우산을 접으며 타일렀다.

"그런 걸 불러냈다간—— 계획이 모두 파탄 나버릴걸?"

"무슨 뜻이지?"

'그런 것' —— 조금 전 이디스가 꺼낸 유리병의 내용물 말인가.

리디야에게 눈짓하자 희미하게 끄덕였다.

'피' 와 '뼈' 를 촉매로 '골룡' 을 현현시키려 했다 이건가.

여성은 마치 어린아이를 타이르듯이 이디스에게 가르쳐 주었다.

"여긴 물의 도시. 용의 가호를 받은 오래된 땅. 용은 관대하고 몹시 자비로워 사람 따윈 안중에도 없지만——."

검은 우산의 움직임이 멎었다.

고개를 들고 아름다운 은색 눈동자를 사도에게 향한다. 반짝이는 초승달 귀걸이.

목소리가 변하며 온도가 극한까지 내려간다.

"동족이 이용당하면 얘기가 달라져. 오늘 밤 이 도시를 멸망

시킬 생각이라면 상관없어. 하지만 성녀의 계획대로라면 이 도시엔 아직 중요한 역할이 있었지? 용골을 사용하는 건 최종 국면이 아니면 안 되잖니? 네 감정 하나로 모든 그림을 바꿀 각오와 사도 칭호 박탈을 각오한 행동이었니?"

"……그, 그건."

이디스가 눈에 띄게 위축됐다.

용의 특성을 알고 있으며 성령교의 사도마저 두려워한다.

그리고……『앨리시아』.

전승에선 은백색 머리카락이었는데, 이 사람, 혹시 진짜로.

여성의 모습이 사라지더니 사도의 볼을 만진다. 움찔, 몸을 떨었다.

전이 마법이 아니야. 터무니없는 신체 강화 마법에 의한 것.

"후후후, 삐지지 말렴, 이디스. 귀여운 아이들은 내가 괴롭혀 줄게. 그러니── 너희는 마음 놓고 물러가렴."

"……예."

사도들은 한쪽 무릎을 꿇고── 사라졌다. 추격하고 싶지만, 그럴 여유는 없다.

여성이 돌아보고 우리를 올려다보았다.

귀에 단 초승달 모양의 귀걸이가 요사스러운 빛을 발했다.

"기다렸지. 너희에게 선택지를 줄게."

오른손을 들어 올려 하나씩 손가락을 세워나간다.

"첫 번째── 지금 당장 이 자리를 떠난다. 그러면 쫓지 않을게. 묵인해 줄게. 난 이래 보여도 약속은 지키거든?"

명확하게 우리를—— 대륙에 이름을 떨치는 『검희』마저도 깔보는 태도.
여성은 두 번째 손가락을 세웠다.
"두 번째. 내 손을 잡고—— 동료가 된다. 특히 거기 남자애는 유망하거든."
"……."
리디야의 눈이 날카로워지며 험악한 빛이 깃든다.
"그리고—— 세 번째."
여성은 세 번째 손가락을 세웠다. 은색 눈동자에 깃든 것은 무척 강한 호기심.

"나와—— 대영웅 『유성』의 유일한 부관, 『초승달』 앨리시아 콜필드와 싸우고 살짝 아픈 꼴을 본 다음 물의 도시를 떠난다. 가장 추천하는 건 이거지."

'콜필드'? '콜하트'가 아니라?
"그렇게 쉽게 보내주실 것 같진 않은데요. 리디야."
"그래."
충격과 의문을 느끼면서도 우리는 광장에 내려섰다.
긴장을 늦추지 않고 마의 지팡이와 마검을 들며 검은 옷의 여성에게 묻는다.
"여전히 믿기질 않지만…… 왜죠? 왜 당신 정도 되는 분께서 성령교와 손을 잡고 있죠?"

전승에 의하면 『초승달』은 출신 불명의 인간족.

그리고 마왕 전쟁은 지금으로부터 200년 전. 인간이라면 진작에 수명이 다했다.

정말로 이 사람이—— 혈하 전투에서 전사했다고 전해지는 영웅 『초승달』인가?

오른손의 반지가 반짝이고 있다.

위험한 건 변함없나.

앨리시아가 그 자리에서 춤추듯 돌았다.

"오늘은 좋은 밤이야. 모두의 성묘도 할 수 있었고. 화가 치미는 『초석』 때문에 난 붉은 달이 뜨는 밤과 가까운 시기가 아니면 물의 도시 안에 들어올 수 없거든……."

"『초석』?"

낯선 단어에 혼란이 이는 가운데, 과거의 영웅이 그저, 그저 웃었다.

"그러니, 난 지금 무척, 무척 무척 기분이 좋단다. 우후후……."

피부에 닭살이 돋고 직감도 최대로 경보를 울린다.

앨리시아의 몸이 딱, 정지했다.

"——답례야. 조금 놀아줄게."

""윽!""

등줄기에 어마어마한 오한이 달려 난 리디야의 손을 잡고 『흑묘유보』로 초고속전이했다.

자동 전개된 수많은 불타는 꽃이 사라지며 벽돌로 만든 통로도 산산이 잘려나가는 것이 보였다.

*

“장난 아니네…… 이런 거리를 갑자기 날았는데 괜찮아?”

“……별로, 자주 쓰는 건 추천, 못하겠어.”

『용사의 섬』에서 억지로 건너편 『일곱 용 광장』으로 전이한 나는 걱정스러워하는 리디야에게 대답했다. 바늘로 찌르는 듯이 머리가 아프다.

애당초 전이 마법은 초 고난이도 마법이다.

날아가는 거리가 늘어나면 늘어날수록 몸에 부담도 심하다.

학교장님과 치세 님이 터무니없단 걸 알겠다.

밤의 광장에 인적은 없었다.

기둥 일곱 개 위에는 마력등이 설치되었고 맨 위에는 훌륭한 용 조각상이 있다. 물의 도시에서 가장 오래된 건조물 중 하나인 만큼, 돌바닥도 두껍다.

아무튼 거리는 벌렸다.

태세를 정비하려는데―― 광장 전체를 피 같은 결계가 감싸며 지면을 진홍색 꽃이 뒤덮었다.

수많은 붉은 꽃잎이 흩날린다. 식물 마법?!

“――안 되지, 놀기 전에 도망치면.”

""윽?!""

뒤에서 여성의 조용한 목소리가 귓전을 때리고 보이지 않는 '선' 이 우리를 덮쳤다.

오른손을 휘둘러 순간 불타는 꽃을 형성, 방어했으나 차례차례 사라져간다.

"큭!" "쯧!"

우리는 서로 반대 방향으로 회피했다. 지면을 구르며 『천풍비도』 『빙뢰질구』를 동시 발동.

기동력을 확보하며 일어서는 동시에 뒤로 뛰어 번개 속성 중급 마법 『뇌신탐파』를 쐈다.

——보였다!

수많은 현을 시인할 수 있게 해서 회피 확률을 조금이라도 높인다.

리디야는 마검과 불타는 날개로 흩뜨려 무사한 모양이다.

오른손에 검은 우산을 들고 왼손으로 현을 조종하는 검은 옷의 여성—— 앨리시아가 의아해했다.

"흐음…… 이 기술을 알고 있구나? 굉장한걸. 200년 전에도 사용자가 거의 사라졌었는데. 놀이 대용으로 재미있거든. 기본적인 대응은 틀리지 않았고 마법의 선택과 정밀도도 정확——어머? 어머머??"

마의 지팡이를 크게 휘둘러 얼음 속성 초급 마법 『빙신조』를 공간에 다중 발동.

나와 리디야에게 덮쳐드는 현을 얼린다.

동시에 모든 마법 중 가장 빠른 축에 속하는 광속성 초급 마법 『광신시(光神矢)』를 전력 발동!

"귀찮게."

앨리시아가 싫다는 듯이 왼손을 휘둘러 새로운 현으로 빛의 화살을 요격해 나갔다.

"리디야!" "얕보지 마아아!"

양쪽에서 포위하듯이 전이한 붉은 머리 공녀 전하가 마검을 치켜들었고—— 한층 더 거대한 『화염조』를 고대의 영웅에게 때려 박았다.

"어머?"

내 마법에 정신을 팔려 있던 앨리시아의 대응이 늦었고—— 직격.

광장의 대부분을 업화가 집어삼킨다.

하지만…… 나와 리디야는 확신했다.

『유성』, 『혜성』과 함께 전장을 질주하며 마왕 본인과도 검을 맞대고 살아남은 역전의 용사를 이 정도로 해치울 수 있을 리가 없다.

하지만, 다소 피해를 주었어도 이상하진——.

"나쁘진 않은걸. 하지만."

""?!!!!""

불꽃이 바람에 흩어지며—— 앨리시아가 모습을 드러냈다.

모자도, 옷도, 우산도, 무엇 하나 불타지 않았다.

리디야가 혼신을 담아 날린 『화염조』를 제대로 맞고 상처 하나 없다고?!

검은 우산을 돌리며 야유한다.

"그렇게 미지근한 불꽃으론 내 피부를 태울 수 없어. 그 시절 —— 마왕 전쟁 시절의 『검희』보다 화력을 올려주지 않으련?"

불타는 깃털을 흩뿌리며 리디야가 송곳니를 보였다.

마검 끝에 새로운 불타는 흉조를 자아내며 강한 어조로 부정한다.

"직격시킨 거야. 아무리 과거의 영웅님이라 해도 전혀 멀쩡한 건 있을 수 없어."

『화염조』의 불꽃은 모든 것을 멸한다.

지금까지 우리가 싸워온 괴물들 —— 흑룡, 날개 두 쌍의 악마, 『침해』에게도 통했다.

통하지 않았던 상대는…… 앨리시아가 모자챙에 손을 댔다.

"신기하니? 그럼…… 특별히 보여줄게."

고대의 영웅이 검은 모자를 벗었다.

구름이 완전히…… 갠다.

하늘에서 꺼림칙한 붉은 달빛이 쏟아져 내려와 광장을 피처럼 물들인다.

그리고…….

"서, 설마…… 그, 그럴 수가…… 마, 말도 안 돼!! 어, 어떻게, 당신이!"

당황한 나는 꼴사납게 목소리를 떨고 말았다.

——앨리시아의 흑은발과 은색 눈동자가 점점 바뀐다.

피처럼 붉은 은발과 붉은색 눈동자. 웃음 사이로 보이는 긴 송곳니. 차원이 다른 마력.

용, 악마와 어깨를 나란히 하는 최고로 흉악한 종족이자 인류에게 있어서 최악의 상대——『흡혈귀』.

과거, 나는 200년 이상의 세월을 살아온 흡혈귀 진조와 싸워…… 친한 친구이자, 리디야를 제외하면 최강이라 단언할 수 있는 마법 검사였던 젤베르트 레니에를 영원히 잃었다.

살아남은 것은 젤이 희생했기에. 그 이상, 그 이하도 아니다.

내 비명 같은 물음에 다시 검은 모자를 쓴 앨리시아가 진심으로 이상하다는 표정을 지었다.

"바보 같은 질문이구나."

붉은 눈동자가 더욱 진하게 깊어져 간다.

왼손으로 눈을 덮고 조용히…… 조용히, 하지만 강렬한 의지를 드러냈다.

"그거야 당연하지. 그 사람을…… 나만의 『앨런』을 되찾기 위해서야."

새어 나오는 마력만으로도 광장이 조금씩 흔들리며 부서지는 기둥에선 돌이 떨어지고 수면이 파도쳐 절벽에 물보라를 만든다.

조금이라도 방심했다간…… 마력을 잡아먹힌다.

흡혈귀는 피를 빨지 않는다. 사람의 마력을 먹는 것이다.

앨리시아의 통곡이 이어진다.

“그 사람은, 나의『앨런』은, 그런 바보 같은 전장에서 죽었어야 할 사람이 아니었어! 살아서…… 더, 더 세상을 좋게 만들 사람이었어!! 그랬는데…….”

왼손을 떼자 볼에 눈물이 흐른다.

아틀라의 말을 떠올렸다. 슬픈 귀신이 있어.

“죽었어. 죽어버렸다고! 살해당한 거야!!! 세상에서 가장 멍청했던…… 나 같은 걸 살리기 위해…….”

모자챙을 내려 감정이 사라진 결론을 들이민다.

“그래서…… 난 사람이길 포기한 거야.”

““…….””

처절하기까지 한 결의를 앞에 두고 우리는 끼어들 수조차 없었다.

사람이 흡혈귀가 되는 것은…… 금기 중의 금기.

되고자 마법식을 발동시킨들 그 성공 확률은 만분의 1도 되지 않는다.

리디야의 눈동자에는 희미한 망설임이 서렸다.『……나도 앨런이 사라진다면』.

붉게 빛나는 은색 눈동자가 날 포착했다.

"난 반드시 그 사람을 되살릴 거야. 그리고 이번에야말로…… 함께 이 더럽기 짝이 없는 세상을 구할 거야. 지금 하는 건 그 밑준비와 '청소' 이려나? 자아——."

눈으로 확실하게 시인 가능한, 용마저 웃도는 마법 장벽.

리디야의 『화염조』를 완전히 막아낸 건 저건가.

"어쩔래? 어떻게 하고 싶어? 늑대족 앨런? ——널, 새로운 시대의 『유성』을 내게 알려줄래?"

리디야가 아니라 날 알고 있다고?

머리 한구석에서 의문을 느끼며 필사적으로 통할 가능성이 큰 마법을 생각했다.

"며칠 전…… 『혜성』 레티시아 루브펠러 님을 뵐 기회가 있었습니다."

"……그래?"

목소리가 단숨에 차가워졌다. 주눅이 들려는 자신을 채찍질하며 똑똑히 고했다.

"그분이 이 자리에 있었다면 온 힘을 다해 당신을 말리셨겠죠. 『유성의 앨런』도 살아있다면 분명 그렇게 했으리라 확신합니다."

"흐음."

잠시 정적이 찾아온다.

체념을 흘리며 앨리시아가 모자를 푹 눌러 썼다.

"그럼…… 반 정도만 죽여줄게!"

"리디야!" "알아!"

내가 공녀 전하에게 주의를 환기하는 가운데 흡혈희(吸血姬)는 왼손을 '그냥' 아무렇게나 휘둘렀다.

고작 그것만으로 어마어마한 충격파가 발생한다!

"큭!"

신체 강화 마법과 각종 보조 마법을 총동원해 나는 간신히 피해냈다.

사선상에 있던 기둥 두 개가 무너졌고 안쪽 건물에도 커다란 구멍이 뚫렸다.

엉망진창이야!!!

원리는 단순하다. 손바닥에 마력을 모아 그저 내던지고 있을 뿐.

그런데도…….

"으응? 왜 그러니?? 가까이 오지도 못하겠어???"

앨리시아와의 거리가 멀어져간다.

나보다도 근접 방어에 훨씬 능숙한 리디야조차 어쩔 수 없이 조금씩 후퇴하고 있다.

파트너가 외쳤다.

"마법 개입으로 못 무너뜨려?!" "안 돼!"

반격하고자 얼음 속성 상급 마법 『섬신빙창(閃迅氷槍)』을 발동.

앨리시아를 포위하듯이 쐈으나—— 도중에 사라진다.

용과 악마 모두 가공할 존재지만, 달이 뜬 밤 흡혈귀의 마법 장벽은 그조차 웃돈다.

어중간한 마법으론 위협조차 되지 않는 것이다.

게다가.

"암호 형태를 수시로 바꾸고 있어! 『광순』과 『소생』의 마법식보다도── 리디야!!!"

움직이지 않던 앨리시아의 몸이 둥실 떠오르더니── 검은 우산을 내지르며 급가속.

충격파를 마검으로 잘라낸 리디야에게 돌진한다.

공격 마법으로 원호는── 안 돼. 늦을 거야.

나는 팔찌에 마력을 담아 온 힘을 다해 불타는 꽃을 만들어내 리디야를 지키고자 배치시켰다.

──흡혈희의 입가가 유열로 일그러진다.

"! 바보야!!!" "걸렸대요~!"

앨리시아는 우산을 땅에 꽂더니 억지로 방향을 전환했다.

아차! 목표는 처음부터 나였나!!

──왼손의 손날을 피한 것은 반쯤 행운이었다.

손톱이 스쳤을 뿐인데 옆구리에 엄청난 격통이 달린다.

회중시계의 뚜껑에 아버지가 담아준 마의 부적이 터져나간다.

"컥!" "앨런!!!!!!"

리디야의 비명을 들으며 미소를 잃지 않은 흡혈희가 뒤쪽 기둥을 박살 내 성대한 모래 먼지를 일으켰다.

무릎을 꿇고 거친 숨을 내쉬는 날 보고는 먼지를 털며 즐거운 듯이 웃는다.

"어설프다니까~. 자기보다 남을 지키는 쪽에 의식이 향하지? 알아. 그건 고질병이거든. 고칠 수도 없고 고칠 방법도 없어. 그 사람도—— 어머?"

리디야가 온 힘을 다해 쏜 거대한 『염신파(炎神波)』가 흡혈희의 주변 일대를 훑었다.

나아가 수백 장에 달하는 불타는 벽이 출현.

내 곁에 글자 그대로 날아온 소녀는 마검을 땅에 꽂더니 양손을 써서 온 힘을 다해 내게 치유 마법을 걸기 시작했다.

하지만…… 둘이 상급 치유 마법을 거듭 걸었음에도 상처의 치유는 지지부진하다.

흡혈귀와의 전투에 있어서 최대의 난점. '상처에 남은 마력에 의한 치유 방해'.

자신의 한심함에 고개를 떨구고.

"리디야, 미안." "말하지 마! 사과하지 마! 감싸지 마!"

사과를 가로막혔다. 거의 박치기를 할 기세로 멱살을 붙잡는다.

코와 코가 닿을 만큼 가까운 거리에서 말을 내뱉는다.

"날 봐! 지금, 네 옆에 있는 게 누구야? 리디야 린스터잖아? 티나 하워드도, 엘리 워커도, 리네 린스터도, 스텔라 하워드도, 카렌도 아니야!!! 지금까지 지겹도록 경험한 우리보다 강한 존재와의 싸움에서…… 우리가 어떻게 살아남았는지, 지금 당장 떠올려!!!"

나는 퍼뜩 깨닫고 눈을 깜빡였다.

강한 상대와의 싸움에서 우리는 서로를 과도하게 감싸거나 하지 않았다.

리디야는 내 가슴에 얼굴을 묻었다.

"바보야. 바보, 바보. 바보 멍청아. 말로만 그러지 말고, 진짜 전장에서도, 더, 날 믿으란 말야……."

"――그랬지. 그랬어. '널 믿는다' 고, 말했는데 말이야."

소녀의 어깨를 안고 일어섰다.

이미 불타는 벽은 과반수까지 돌파당했다.

"알면 됐다고, 알면. ……가정교사를 하느라 정신이 팔리고 같이 싸울 기회도 줄어서 그런지 안 좋은 옛날 버릇이 재발했나 봐? 으으으응?"

"아파! 아파, 아프다고! 나 다쳤거든?!"

"흥이다!"

리디야가 가차 없이 내 가슴을 두 주먹으로 때렸다. 간신히 상처가 아물었다. 현 상황의 인식을 공유한다.

"달이 뜬 밤, 게다가 붉은 달 아래에서 마력이 늘어난 흡혈귀를 상대로 장기전은 불가능해. 게다가―― 상대는 전혀 진심을 발휘하지 않았어."

"마왕과 직접 겨루고 살아남은 마검사『초승달』. 겪어본 것

중 최강일지도 모르겠는걸."
상황을 타개할 방법은 단 하나.
붉은 머리 공녀 전하를 보자 부끄러운 듯이 볼을 붉히곤.
"응."
눈을 감았다. 희미하게 몸을 떨고 있다.
나도 각오를 굳히고.

——리디야에게 입맞춤해 마력을 한계까지 강하게 연결했다.

단숨에 수많은 하얀 깃털이 우리를 감쌌다.
리디야는 천천히 눈을 뜨고 자신의 입술을 만지더니.
"……에헷."
이어서 그 손가락으로 내 입술을 누르고는—— 마검을 뽑아 들었다.
등의 새하얀 날개가 네 쌍의 날개가 되며, 빈틈없이 전투 준비를 최대로.
남은 불타는 벽이 왼손에 찢겨 사라졌다.
"작전 회의는 끝났니?"
불꽃 속을 화상은커녕, 불탄 곳 하나 없이 앨리시아가 나아가며 물어온다.
나와 리디야는 기세 좋게 대답했다.
"네!" "다음은 우리 차례야!"

"후후후…… 참 용감하기도 하지. 실력 구경 좀 할까."

앨리시아의 마법 장벽은 어설픈 공격으론 뚫을 수 없다.

그렇다면—— 리디야가 마검을 상단으로 높이 치켜들더니 온 마력을 모으기 시작했다.

"이기자!" "그래!"

곧바로 대답하고 나도 마의 지팡이를 휘둘러 온 힘을 다해 마법을 발동.

붉은색, 파란색, 녹색, 보라색, 하얀색 마력이 미친 듯이 날뛴다.

왕국의 4대 극치 마법——『화염조』, 『빙설랑』, 『폭풍룡(暴風龍)』, 『뇌왕호(雷王虎)』가 동시 현현.

내가 아는 불, 얼음, 바람, 번개 마법 중 최대 마법이다.

동시에 그리 연속으로 쓸 수 있는 것이 아니다.

파트너의 마력은 문제없다지만…… 나 자신의 마법 제어가 버티지 못한다.

일격에 결착을 내자!

나는 마의 지팡이를 휘둘러 4대 극치 마법을 앨리시아를 향해 해방시켰다!!

"오오…… 제법인걸."

아무렇게나 내민 왼손으로 내 극치 마법을 억누르며 흡혈희가 찬사를 건넸다.

광장에선 마법의 여파로 불타는 벌판, 설원, 번개, 폭풍이 생겨나 현실이라곤 생각 못 할 광경을 만들어내고 있다.

하지만 이런 위력의 마법을 네 발 동시에 없애진 못하는 모양이다.

앨리시아가 차갑게 비평한다.

"하지만 내겐 듣지 않아. 비장의 카드는──."

머리 바로 위쪽에 대기시켜 놓았던 두 마리의 『빙광응』이 목표로 급강하!

"이 새려나?"

오른손의 검은 우산으로 요격하자, 꿰뚫린 두 마리의 매가 모습을 바꾸더니──.

"?! 이, 이건, 마녀의!"

『검의 날개를 가진 거대한 가시덩굴 화염 뱀』으로 변모, 불타는 꽃까지 발생시켜 온몸을 얽는다.

강력한 마법 장벽을 자랑하는 흡혈희에게 피해는 주지 못해도 움직임을 둔하게 만들었다.

"리디야!" "언제든지!"

나는 마의 지팡이를 치켜들어 마검과 교차. 리디야의 등에 난 날개 네 쌍도 마검으로 빨려든다.

이것이야말로 우리의 비장의 카드.

린스터의 비전 『홍검』── 그 최대 화력 발휘!

막대한 마력의 방출은 리디야가, 제어는 내가 맡고 있다.
하지만…….
"크으윽!"
반란을 거쳐 리디야의 마력은 매우 증가했다.
1년 가까이 걸쳐 구축에 구축을 거듭해 개량한 제어식이 부담을 견디지 못하고 삐걱대며 내 몸에도 격통이 달린다.
"앨런!"
리디야의 오른손등에 『염린』의 문장이 떠오르더니—— 아틀라의 마력이 강하게 느껴졌다.
단숨에 몸의 부담이 사라지며 오른손의 반지가 반짝인다.
우리는 자신의 온 마력을 합쳤고.

""가라아아아아아아아아아아아아아!!!!!!""

고대의 영웅에게 있는 힘껏 휘둘러 내렸다!
4대 극치 마법과 『거대 화염 뱀』을 동시에 대처하던 앨리시아가 눈이 휘둥그레진다.
"————."
말을 꺼내기 전에 섬광에 집어 삼켜졌다.
""윽!""
우리도 서로를 지탱해 주며 충격과 빛을 견뎠다.
——이윽고 빛이 잦아들기 시작했다.
"우와아아……."

굳은 목소리가 자연스럽게 새어 나왔다.

세계에서 으뜸가는 『일곱 용 광장』은 완전히 무너졌고 결계와 꽃도 날아가 버렸다.

그럼에도 거목의 가지를 썼다는 토대 부분은 침수도 되지 않았다.

아무래도 전승은 사실——.

"윽."

격렬한 두통을 느끼고 마력의 연결을 끊었다.

"괜찮아?"

리디야가 걱정스럽다는 듯이 얼굴을 들여다보았다. 아직 여력이 있어 보이나, 나는 힘들다.

이러고 앨리시아가 건재하다면.

땅을 짓밟는 소리가 들려왔다.

""……""

우리는 얼굴을 마주 보았다.

——불꽃 속에서 앨리시아가 먼지를 털며 나타났다.

검은 모자와 검은 우산은 사라졌고 검은 드레스도 너덜너덜해졌지만, 몸에 부상은 없다.

『괴물』.

먼지를 털던 손을 멈추며 머리카락과 눈동자 색이 돌아온 앨리시아가 혼잣말을 흘렸다.

"우산, 마음에 들던 건데. 마중도 왔으니—— 오늘 밤은 여기까지 하자. 나도 해야 할 일이 있으니까."

모습이 안개처럼 사라지더니.

""!""

상공을 나는 흑은색 비룡으로 흡혈희가 전이했다. 이동 수단은 알 수 없다.

기수는 후드 달린 회색 로브를 걸쳤다. 여성인 모양이다.

앨리시아가 한 손을 들고 외쳤다.

"고마워! 즐거웠어. 무척 즐거웠어. ——참, 그렇지."

"큭! 리디야!!" "꺅!"

물의 도시 전체를 뒤덮는 듯한—— 강대하기 짝이 없는 마력의 고동.

위험해! 이건, 진짜로 위험해!!

직감에 따라 붉은 머리 공녀 전하를 품에 안고 나는 온 힘을 다해 마지막 남은 기둥으로 뛰어올랐다.

——비룡의 등에 선 흡혈희의 오른손에 들린 것은 꺼림칙하게 일렁이는 칠흑색 장검. 마왕의 검?!

"너희가 재미있는 걸 보여줬으니, 나도 답례를 해야겠지."

그저 옆으로 휘둘러 뽑어낸 것은 반원을 그리는 검의 궤적.

고작, 그것만으로——.

""윽?!!!!""

『일곱 용 광장』의 북쪽 부분이 토대째 반으로 갈라져 바닷속으로 가라앉는다.

말도 나오지 않는 우리에게—— 흑검을 허공에 집어넣은 고대의 영웅이 엄함과 적적함이 뒤섞인 목소리를 던졌다.

"세 번째는 없어! 내일이라도 물의 도시를 떠나. ……내가 귀여운 아이들을 죽이게 하지 말렴. 다음에 내가 이곳으로 돌아와 전장에서 만나게 된다면——."

차가운…… 과거에는 사람이었다곤 생각 못 할 정도로 차가운 시선이 날 꿰뚫었다.

"『뇌호』와 『염린』을 받아 갈 거야."

움직이지 못하는 우리를 남기고 흑은색 비룡이 남쪽으로 떠났고—— 다시 비가 내리기 시작했다.

리디야를 끌어안으며 중얼거렸다.

"졌네." "그러게. 내려갈게."

이번에는 거꾸로 품에 안겨 광장에 내려선다.

북쪽의 반절을 잃고 일곱 기둥 중 결국 남은 것은 하나뿐.

결계가 풀려 건물에 불빛이 켜지고 사람들이 밖으로 나와 소란스러워진다.

패배감이 무겁게 짓누른다. 하지만—— 나는 리디야에게 어색하게 미소 지었다.

"그래도…… 니콜로는 넘기지 않았지."

"응."

"아틀라와 『염린』도 빼앗기지 않았어."

"응."

"무엇보다——." "너도, 나도 살아있어."

리디야의 눈동자에 타오르는 강한 용기의 불꽃.

지금까지도 우리는 무적의 존재가 아니었다.

패배의 맛은…… 알고 있다.

"성령교가 움직인 건 린스터와 후국 연합이 강화를 맺는 걸 꺼리기 때문이야. 그들은 물의 도시의 정치 정세의 안정을 바라고 있지 않아. 적어도——."

"니콜로를 확보하고 필요한……『초석』을 손에 넣을 때까진."

"바로 알아보자. 문제는『초승달』이야. ……흡혈귀는 그냥 넘어갈 수 있는 문제가 아니야."

——성령교와 손을 잡고 타락한 전설의 영웅.

언젠가 반드시 한 번 더 부딪칠 것이다. 그것도, 머지않은 미래에.

『콜하트』와『콜필드』. 지금까지 거의 단서 하나 얻지 못했던 로자 하워드 님과의 연관성도 마음에 걸린다.

향한 곳은 남쪽인가.

리디야가 지면에 꽂힌 마검을 뽑아냈다.

——무너지려는 광장 잔해로 한 차례 휘둘러 둘로 가른다.

날 다시 돌아보더니 오만불손하게 선언했다.

"문제없어. 다음엔 이길 거야!"

"쉽게 말하는걸."

"당연하지. 그야——."

홀딱 반할 만한 동작으로 마검을 집어넣고 날 바라보았다.

"너와 내가 같이 있는데 결국 이기지 못한 적이 있었어?"

"……정말, 네겐 못 당하겠어."

리디야와 서로 고개를 끄덕인다. 다음엔 반드시.

"이, 이게 대체……. 네놈들, 무사한 거냐?! 무슨 일이 있었던 거냐?!"

돌아보자, 병사 몇 명을 데리고 니케가 외치며 달려오는 것이 보였다.

호텔부터 강행군을 계속해 이곳까지 찾아온 것이겠지.

무모하긴……. 난 쓰게 웃고 리디야에게 제안했다.

"우선 돌아가자. 아틀라와 사키 씨네도 분명 걱정하고 있을 거야. 이곳 뒷정리는."

"니케 니티한테 떠넘기고, 말이지?"

에필로그

"어서 오세요! 리디야 아가씨, 앨런 님!! 다친 곳은 없으세요? 심상치 않은 마력을 감지해서…… 모두 걱정하고 있었어요."

'광장의 뒷정리를 마치면 바로 저택으로 돌아가겠다' 고 말한 니케와 짧게 얘기를 나누고 아침 햇살에 물든 『수룡의 관』 앞에서 우리를 마중 나온 것은 빗자루를 손에 든 신디 씨였다.

메이드들과 종업원들도 한창 보수와 정리에 나선 모습이다.

나는 마의 지팡이 『은화』를 집어넣으며 대답했다.

"피곤하긴 해도 다친 덴 없습니다. 다만 사도들은 놓치고 말았어요. 엄중한 경계가 필요합니다. 니케 님은 저택으로 돌아가셨습니다. 니콜로와 투나 씨 일은 '네놈들이 돌봐라.' 라고 따뜻한 전언을 받아왔죠."

"알겠습니다! 무사히 돌아오셔서 마음이 놓이네요. ――아, 그래도~."

안도하는 표정에서 일변해 쾌활한 메이드 아가씨가 히죽히죽 웃는다.

일하던 메이드 분들도 소곤소곤 몰래 얘기를 나누는 것이 즐거워 보인다.

내 왼팔에 달라붙어 손가락을 얽어 온 리디야가 "으~." 하고 끙끙댔다.

신디 씨가 두 손을 마주 잡았다.

"리디야 아가씨는 열이 나셨을지도 모르겠지만요!"

온도가 급상승.

그럼에도 떨어지려 하지 않은 채 리디야는 메이드 아가씨들을 노려보았다.

"……신디. 너희들?"

『앨런 님, 감사합니다! 업무로 돌아가겠습니다!!』

메이드 아가씨들이 내게 훌륭히 경례해 보이고 흩어진다.

……으~음, 이 사람들도 린스터가 메이드들이구나.

묘한 납득과 함께 남은 신디 씨에게 물었다.

"아틀라와 니콜로네는 위에 있나요?"

"네! 사키가 봐주고 있어요."

쾌활한 메이드 아가씨의 안내를 받아 호텔 안으로 들어간다.

어젯밤의 습격.

그리고 그에 따른 전투 결과, 훌륭했던 인테리어는 볼품없이 사라졌다.

천장은 깨지고 테이블과 의자는 부서졌으며 많은 장식품이 상했다.

식물 가지와 뿌리는 처리해 준 모양인지 보이지 않는다.

호텔의 종업원과 린스터가 메이드 아가씨들이 분주히 정리하는 모습을 보며 군데군데 파손된 계단을 오른다.

신디 씨의 표정에 총명함이 깃든다.

"——붙잡은 카니엔 포로들의 심문은 파올로 님께 맡겼습니다. 그분은 니티가의 전 필두 첩보관이라고 하더군요."

가능한 한 빨리 남도로 정보를 보내야겠는걸.

그러고 보니——.

"우리가 추격하러 나선 뒤로 니케가 니티의 병사를 억지로 모았죠?"

"네."

신디 씨는 수긍하고 난처한 표정을 지었다.

"말렸습니다만, 의지가 강하셔서. '이 호텔은 위험하다. 물의 도시 폐허 거리에 지금은 기밀 창고로 이용하는 니티의 오래된 저택이 있다. 거길 써라. 자세한 장소는 파올로가 알고 있다' 고 하셨습니다. 13인 위원회 내부의 기밀 정보도 시의적절하게 연락하겠다고도 하셨습니다."

"만용이긴 하군요."

예상했던 말을 듣고 나는 반쯤 어이가 없어졌다.

상대는 강화를 저지하기 위해서라면 병사를 움직이는 것도 주저하지 않았던 녀석들이다.

그런데도—— 그는 피를 흘리지 않고 끝낼 방법을 온 힘을 다해 모색하고 있다!

노리고 있는 동생들을 두고 가다니. 조금은 신뢰받고 있나?

리디야의 가는 손가락이 내 볼을 찔렀다.

"얼굴 이상해."

"너, 너무하네."

"안 너무하거든. ……옆에 내가 있는데 그런 얼굴 하는 게 잘못이지!"

음색에 진하게 토라진 기색이 섞였다.

리디야에게 있어서도 『초승달』과의 예기치 못한 갑작스러운 전투는 충격적이었을 것이다.

오기는 부리고 있지만, 몸과 정신은 무척 지친 모양이다.

신디 씨가 몇 번이고 고개를 끄덕였다.

"흠흠~. 그렇구나~. 이게 남도와 왕도 애들이 맛보는 감각이군요! 공부가 되네요! 크으으! 다음에 저도 이동 신청을 낼지 망설여져요!"

"하하하……."

릴리 씨와 신디 씨가 함께라면 시끌시끌하겠는걸.

4층까지 전부 올랐다.

이 층에서도 메이드 분들이 열심히 정리하며 파손된 곳을 보수 중이다.

쾌활한 메이드 아가씨가 우리에게 경례했다.

"다들 어떻게 일하는지 확인하고 올게요!"

"교대로 쉬세요." "식사도 꼭 하고."

"네~에!"

기운차게 대답하고 신디 씨는 메이드 아가씨들에게 다가갔다.

나와 리디야는 그대로 우리 방으로 향했다.

그러자 기진맥진한 소년과 소녀가 복도에서 기다려주고 있었다.

"니콜로, 투나 씨."

"애, 앨런 씨!" "……."

연푸른색 머리카락의 소년은 허둥댔고 혼혈 엘프 메이드 아가씨는 깊숙이 고개를 숙였다.

리디야에게 왼팔이 구속당하며 인사한다.

"무사해서 다행입니다. 니콜로에게 무슨 일이 생기면 니케가 절 죽여버릴 테니까요."

그러자 소년의 얼굴이 점점 어두워졌다.

"그렇진 않을 거예요. 형은 절 싫어하니까……. 저는 발만 잡아끌어서……."

"니콜로 도련님."

투나 씨가 울음을 터트릴 듯한 표정을 짓고 어린 주인을 바라본다.

니케의 진의는 동생에게 제대로 전해지지 않은 모양이다.

뭐, 정보를 받는 만큼은 해줘야겠지.

"니콜로, 지금부터 하는 얘기는 괜히 그냥 참견하는 겁니다."

"네, 네."

군데군데 파손된 넓은 복도를 나아가며 소년을 타일렀다.

"우선—— 제가 아는 니케 니티는 그렇게 그릇이 작은 남자가 아닙니다. 그는 당신을 소중히 여기고 있다고 단언하죠."

리디야가 더더욱 세게 왼팔을 구속한다. 아파.

자유로운 오른팔을 팔랑팔랑.

"어젯밤을 한 번 생각해 보세요. 니티가 차기 당주로서 강화 때문에 글자 그대로 동분서주하며 잠도 제대로 못 잤을 그가…… '동생이 습격당했다' 는 소식을 받자마자 모든 걸 내던지고 혼자서 찾아온 거거든요. 당신을 소중히 생각하지 않았다면 그럴 순 없죠."

니콜로가 눈을 껌뻑거린다.

조심스럽게 내게 물어온다.

"저기…… 앨런 씨는, 형과 아는 사이신가요……? 편지에선 '얘기해 본 적 없다' 고 그랬는데……."

"한 번이라도 말을 섞어본 사람의 이름은 잊지 않아요. 제 몇 안 되는 특기죠. 그에겐 비밀로 부탁하겠습니다. 투나 씨, 정세는 혼란스럽습니다. 최악의 경우, 니콜로와 함께 물의 도시에서 탈출하는 것도 염두에 두세요. 그럼 나중에 봅시다."

""네, 네!""

니콜로 주종 일행은 입을 맞춰 대답하고 마련된 방으로 돌아갔다.

리디야가 머리를 내 어깨에 얹었다.

"진짜로 얘기했었어?"

"했었어."

"……아, 그래."

믿지 않는 눈치다. 진짠데 참…….

그러는 사이 우리 방 앞에 도착했다.

문을 두드리자.

"여, 열려있습니다……."

사키 씨가 곤혹스러워하는 기색이 문 너머로 전해져왔다.

문을 열자, 침대 앞 의자에 앉아 있던 미인 메이드 아가씨가 일어섰다.

곤혹스러워하며 고개를 숙인다.

"리디야 아가씨, 앨런 님……."

"사키 씨?" "왜 그래?"

"……."

심각해 보이는 얼굴로 침대에 시선을 향했다.

——그곳에는 동그랗게 몸을 말고 자는 어린 여우가 있었다.

사키 씨가 설명해 주었다.

"어젯밤…… 물의 도시 북쪽에서 섬광이 달린 직후, 이 모습으로……."

나는 오른손을 아틀라의 머리에 얹었다.

——섬광 직후라.

『홍검』을 전력 발휘할 때 아틀라도 제어를 도와준 것이겠지.

"♪"

자면서 동물 귀와 꼬리를 떠는 어린 여우를 쓰다듬으며 사키 씨에게 고개를 숙였다.

"죄송합니다, 설명을 안 드렸군요. 실은——."

말을 마치기 전에 밖에서 커다란 파괴음이 들려왔다.

"""!"""

우리는 얼굴을 마주 보고 발코니로 향했다.

물의 도시 곳곳에서 연기가 피어오르고 있었다.

마력의 움직임으로 보아 사소한 분쟁이 격렬해지기 시작한 모양이다.

리디야와 얼굴을 마주 본다.

"시작됐나 보다." "그러게."

――지금은 아직 괜찮다.

물의 도시에 대군이 없는 이상, 각 가문의 당주가 자중하는 한, 일이 커지진 않는다.

문제는 이 나라에서도 암약 중인 성령교.

그리고…… 자신을 흡혈희로 타락시켜서까지 200여 년을 살아남아 다시 무대 바깥으로 나온 고대의 영웅 『초승달』.

벼랑 끝에 서 있을 카니엔 후작의 동향도 신경 쓰인다.

개혁을 위해서라. 바로 믿긴 어려운데.

문이 거칠게 열리며 신디 씨가 뛰어 들어왔다.

"리디야 아가씨! 앨런 님! 니케 니티 님께서 보내신 서간입니다!!"

빠른걸……. 좋은 소식은 아닌 모양이다.

신디 씨로부터 서간을 받아 눈으로 대충 훑었다.

목소리에 깬 아틀라가 침대 위에서 기지개를 켰다.

"내용은?"

리디야가 팔짱을 끼고 짧게 묻는다.

"——어제 사건을 계기로 강화파와 전쟁 계속파 사이의 작은 분쟁이 물의 도시 각 곳에서 시작됐대. 다만 '도시 내에 있는 병사는 수가 한정되어 있어서 당분간 대규모 충돌은 생각하기 어렵다. 현시점, 카니엔도 침묵 중.' 이라는데?"

"전부 네 예상대로라 이거지. 그래도 앞으로 상황은 나빠지기만 할걸?"

붉은 머리 공녀 전하는 침대로 걸어가 앉았다.

아틀라가 반가운 듯이 동물 귀와 꼬리를 살랑거리며 소녀의 무릎 위로 이동했다.

나는 얼굴을 찌푸렸다.

"귀찮은걸."

"항상 있는 일이잖아."

리디야가 시원하게 내 반론을 막고 사키 씨 일행과 내게 명령했다.

"일단 우린 쪽잠 잘 거야. 자, 지시해, 지시."

"아니, 리디야가 내리지?"

"너한테 전~부 위임할 거야~."

그렇게 말하고 파트너는 아틀라를 안고 누웠다. 머리를 긁적이며 지시를 내린다.

"사키 씨, 마법 생물로 조기 경계망 구축을 부탁합니다. 절대로 무리는 하지 말고요. 사태가 어떻게 움직이든지, 결착이 나려면 조금 더 시간이 필요할 겁니다. 적측이 노리는 건—— 당분간 니콜로. 그리고 리디야와 아틀라입니다.”

“——알겠습니다.”

미인 메이드 아가씨는 공녀 전하와 어린 여우의 모습에 눈웃음을 짓고는, 이어서 눈동자를 전의로 불태웠다.

“신디 씨, 파올로 씨에게서 연합의 전체 지도를 빌려와 주세요. 그리고——.”

노 지배인의 말을 떠올린다. 저는 물의 도시에서 태어나 물의 도시에서 자랐지요.

“기밀 창고 위치를 알려 달라고도요. 쪽잠을 자고 나면 바로 이동하겠습니다.”

“네!”

침대에 앉아 아틀라를 쓰다듬었다.

이 애가 없었다면 나와 리디야는 위험했다.

사키 씨, 신디 씨에게 부탁을 입에 담는다.

“그리고 물의 도시에서 『초석』이란 단어가 어떤 뜻을 가지는지 조사해 주세요. 이쪽은 니콜로에게 물어보는 게 빠를지도 모릅니다. 그는 상당한 양의 고서를 읽었나 보더군요.”

“물의 도시의.” “『초석』……?”

메이드 아가씨들이 곤혹스러운 표정을 지었다.

물의 도시에 주둔 중인 이 사람들조차 짚이는 게 없는 모양이다.

“마지막으로—— 하나 더.”

나는 목소리를 살짝 낮췄다.

“『옛 성당』. 그곳에 무엇이 있고 어떤 역할을 맡고 있는지 조사해 주세요. 그곳은 그저 오래되기만 한 유적이 아닌 모양입니다.”

두 메이드 아가씨가 방을 나가자, 리디야는 곧바로 내 손을 끌었다.

“응.”

어리광 부리는 얼굴로 자기 옆에 눕도록 요구한다. 나도 피곤해 거스르지 않고 누웠다.

붉은 머리 소녀는 몸을 움직여 내게 딱 달라붙더니 가슴에 얼굴을 묻었다.

머리를 쓰다듬으며 중얼거린다.

“피곤하다.” “그러게.”

우리는 입을 다물었다.

지금 낼 수 있는 모든 힘을 쥐어짜 내 간신히 지지 않았다.

하지만…… 승리와는 거리가 멀었다.

그 사실은 말로 하지 않더라도 서로 이해하고 있다.

——하지만.

“리디야.”

“응~?”

소녀가 고개를 들었다.

“광장에서 했던 질문에 대답할게. 다음엔 이기자—— 둘이서.”

커다란 눈동자를 몇 번이나 깜빡거리고 리디야는 만족스럽게 고개를 끄덕였다.

"……당연하지."

"♪"

침대 위에서 아틀라가 기쁜 듯이 울었다.

*

"응. 맞아, 이디스. 지금 대놓고 움직이면 강화파 후작들이 물의 도시로 군을 더 빨리 들일 거야. 이길 순 있지만…… 귀찮잖니? 론도이로도 포함해서 내가 하나씩 정성껏 짓밟아줄 테니 지금은 회복에 전념하렴. 결전은 아직 좀 더 멀었단다."

통신용 부적을 이용해 어젯밤 실수를 만회하겠다며 이를 가는 작은 사도에게 지시를 내렸다. 착한 아이긴 한데, 좀 폭주하는 경향이 있는 게 흠이려나?

해수면 가까이 날아가는 비룡을 교묘히 조종하며 회색 후드 달린 로브를 입은 아이가 말을 걸어왔다.

"괜찮으시겠어요? 당신이라면── 그 둘을 해치울 수도 있었던 게 아닌지요?"

"비올라도 참, 매정해라~."

나는 짙은 주홍색으로 글자가 찍혀 있는 고서를 열며 고지식한 성녀 직속 호위 소녀의 말을 되받아쳤다.

『마왕 전쟁의 숨겨진 역사 下』

전쟁터에서 보낸 내 편지를 토대로 여동생이 이런 책을 남겨놨을 줄이야.

기분 좋은 남쪽 바닷바람을 느끼며 소녀에게 말했다.

“나, 싸우는 건 좋아하지만 딱히 살인을 즐기진 않거든. 그 애들한테 원한도 없고.”

——어젯밤의 전투는 오랜만에 오싹오싹했다.

그렇게 즐거웠던 건…… 100년 전 왕도에서 각성 직전이던 웨인라이트 쪽 아이랑 죽어라 싸웠던 때 이래일지도 모른다.

당해내지 못할 것이 뻔한 상대.

하지만—— 서로를 믿고 포기할 줄 모르며 그저 오로지 죽을 힘을 다한다.

200년 전의 나를…… 아직 세상을 믿고 있던 날 상기시켰다.

제자를 조용히 타이른다.

“교황청 안쪽 별택에서 이번 ‘그림’을 그린 그 애도 그런 걸 바라진 않을걸. 그렇지? ‘너무 일이 잘 풀려서 무서워요…….’라고 자주 말하잖니?”

“죄송합니다.”

비올라는 몹시 송구해 하며 입을 다물었다.

나는 혼잣말을 흘렸다.

“『유성』을 계승하려는 『결함품. 하지만 마지막 열쇠』와 그를 연모하는 『저주받은 아이』. 마치 그와 그녀 같아서……. 보란 듯이 보여주면 질투가 나잖아…….”

분명 지금 내 눈동자는 투쟁의 환희로 새빨갛게 물들어 있을 것이다.

“옛 성당에 걸린 쌍룡의 봉인 결계가 최고로 약해지는 다음 암요일까지 일주일. 『죄 많은 후왕의 제물』도 파악이 끝났어. 『초석』을 손에 넣으면…… 우리의 커다란 소원에 또 한 걸음 다가가는 거야. 적어도 『유성』이라 이름을 댈 거라면 이 정도 역경은 뛰어넘어줘야지. 그래도——.”

장난삼아 왼손을 앞으로 휘두르자, 충격에 앞쪽 해수면이 폭발했다.

“이기는 건 나—— 앨리시아 콜필드지만. 계획을 성취하는 그날까지 『성녀』의 말은 반드시 이루어져야만 해. 새로운 시대의 영웅도, 교활한 자도, 무시무시한 용도, 갸륵한 여덟 대정령마저 꺾고 나는, 우리는 모든 걸 손에 넣을 거야!”

후기

넉 달 만에 인사드리는 나나노 리쿠입니다.

축, 두 자릿수. 10권이 됐습니다.

이것도 읽어주신 독자 여러분, 매 권 정말로 멋진 일러스트를 그려주시는 cura 선생님, 늘 폭주하려 하는 작가의 고삐를 잡아 주시는 담당 편집자님 덕분입니다.

작금 시장의 가혹함을 고려하면 여기까지 써 올 수 있었던 건 정말로 운이 좋았다고 생각합니다.

하지만 아직 여전히 쓰고 싶은 게 잔뜩 있으니, 앞으로도 열심히 해나가고 싶네요.

적어도 작가는 4년째도 계속 써나갈 생각으로 가득합니다!

내용에 대하여.

표지는 1권을 낸 시점에서 목표 중 하나였습니다.

『언젠가 반드시 리디야가 앨런을 독점하는 권을 쓰자.』

일단은 이루어서 다행입니다.

뭐, 제3부도 대부분 계속 리디아 턴! 이 될 예정이지만요.

매 권, 출연을 늘려달라고 강경하게 주장하시는 늑대 성녀님과 음험한 왕녀 전하께는 못을 박아둬야겠습니다.

그러면 선전입니다!

「변경 도시의 육성자」 5권이 올겨울(일본 현지 2021년)에 발매됩니다.

9월에는 「공녀」와 거의 동시에 만화판도 발매되니 잘 부탁드리겠습니다.

신세 진 분들께 감사 인사를.

담당 편집자님, 올해도 많은 폐를 끼쳤습니다. 그럼…… 다음 원고를 쓰도록 하겠습니다.

cura 선생님, 특별판 일러스트, 표지, 도입부 일러스트, 삽화, 완벽합니다! 매권 받아 볼 때마다 '그래…… 다음 권도 힘내자.' 라고 생각합니다.

여기까지 읽어주신 모든 독자분께 있는 힘껏 감사를.

또 만나 뵙게 되길 기대하고 있겠습니다. 다음 권은 역사의 어둠과 제자들의 분투입니다.

나나노 리쿠

공녀 전하의 가정교사 10 천년 도읍

2025년 09월 25일 제1판 인쇄
2025년 10월 01일 제1판 발행

지음 나나노 리쿠
일러스트 cura

제작 · 편집 노블엔진 편집부

발행 데이즈엔터(주)
등록번호 제 2023-000035호
주소 07551 서울특별시 강서구 양천로 570 NH서울타워 19층
대표전화 02-2013-5665

ISBN 979-11-380-6237-4
ISBN 979-11-6524-024-0 (세트)

KOJO DENKA NO KATEI KYOSHI Vol.10 SENNEN NO MIYAKO

86—에이티식스— Alter.2

마법소녀 레지나☆레나

애니메이션 방영작

――전장은, 저 넓은 별의 바다로!

그 은하에 병사는 없다――. 하지만 그들은 사람들과 함께 있다! 무대는 〈은하항행전함 산마그놀리아〉. 그 방어는 '어느 특수한 사람들'이 맡고 있었다. 〈에이티식스〉로 불리는, 신기한 힘을 가진 수호정령들을 데리고 우주를 누비는 자는――.

[진로 클리어. ――마법소녀(핸들러) 〈레지나☆레나〉, 발함하세요!]

"블라디레나 밀리제, 〈레지나☆레나〉―― 갑니다!"

마법소녀 레나의, 은하의 평화를 건 싸움이 지금 시작된다……!